नम्बरदार का नीला

(उपन्यास)

वाणी प्रकाशन

21-ए, दरियागंज, नई दिल्ली-110002

फोन : 011-23273167, 23275710, 51562622

फैक्स : 011-23275710

e-mail : vani_prakashan@yahoo.com

नम्बरदार का नीला

सय्यद मुहम्मद अशरफ

अनुवादक

इज़हार अहमद नदीम

वाणी प्रकाशन का लोगो
विख्यात चित्रकार मकबूल फिदा हुसेन
की कूची से

ISBN : 81-8143-449-8

वाणी प्रकाशन
21-ए, दरियागंज, नयी दिल्ली-110002
द्वारा प्रकाशित

प्रथम (वाणी) संस्करण : 2006

मूल्य : 125.00

आवरण : वाणी चित्रांकन

एस. एन. प्रिंटर्स, दिल्ली-110032
द्वारा मुद्रित

NAMBARDAR KA NEELA
(Novel)
by : Syed Mohd. Asharaf
Translator : Izhar Ahmad Nadeem

अपने वतन
मारहरा शरीफ़
और
वहाँ के दो अध्यापकों—
मकतबे-क़ासिमुल बरकात के
मुन्शी नसीरुद्दीन (मरहूम)
तथा
जवाहर लाल प्राइमरी पाठशाला के
पंडित सत्यनारायण शर्मा
की सेवा में समर्पित.......

1

हवा एकदम शांत थी और अरहर के उस लंबे-चौड़े खेत को घेरे में लिए पचास-साठ आदमियों की मौजूदगी के बावजूद ग़ज़ब का सन्नाटा था। पागल नीला इसी खेत में किसी जगह मौजूद था। लाठियाँ, डन्डे और साँठें थामे वह सारे आदमी पंजों के बल चल रहे थे और फूँक-फूँक कर क़दम उठा रहे थे। अगर खड़ी फ़सल में से प्रकट होकर अपने नोकीले सींगों पर रखकर रेलता, पटख़ियाँ देता, खुरों से खूँदता, लहूलुहान करता हुआ वह भागे तो क्या होगा? यही सोच हर आदमी के कानों में धड़कन बनकर धक-धक कर रही थी।

अचानक हवा चली, अरहर के पौधों की शाखाएँ आपस मुं टकरा कर बजीं और हर आदमी को वह आवाज़ नीले की भगदड़ की तरह महसूस हुई और हर आदमी के मुँह से डरी-डरी सी चीख़ निकल पड़ी। जब किसी के पास भी पौधों को चीरता हुआ नीला नहीं निकला तो सब की जान में जान आई। तय यह हुआ था कि सब के सब घेराबन्दी इस तरह करेंगे कि एक आदमी से दूसरे आदमी की दूरी एक लाठी की लम्बाई से ज़्यादा न हो ताकि अगर नीला अचानक अन्दर से हमला करे तो हर आदमी के पास एक लाठी के फ़ासले पर कम से कम दो बचाने वाले मौजूद हों। घेरे में चलते-चलते अगर एक दूसरे के बीच दूरी ज़्यादा हो जाती तो दिल धड़कने लगता और फ़ौरन रफ़्तार कुछ तेज़ करके या धीमी करके फ़ासला एक लाठी के बराबर कर लेते जैसे ईद की नमाज़ में कनखियों से तकबीरें दुरुस्त की जाती हैं। गर्मी और डर के मारे सब के हाथ लाठियों पर पसीजने लगे थे। नत्थू चाचा ने खोज-देखकर बताया था कि खेत में जाने के खोज तो हैं, बाहर निकलने के नहीं। अर्थात नीला यक़ीनन[1] खेत के अन्दर है।

नीला या तो बैठा था या साकित[2] खड़ा था। लेकिन वह अपनी दुम को इतनी देर तक बिना हिलाए नहीं रख सकता। दुम हिलती तो अरहर के किसी पौधे से ज़रूर टकराती। टकराती तो आवाज़ न होती? लेकिन खेत के अन्दर कोई आवाज़

1. निःसंदेह 2. निश्चल

नहीं थी। इस का मतलब वह खेत के अन्दर एक ऐसा महफ़ूज़[1] स्थान तलाश करके बैठा है, जहाँ फ़सूल मारी गई है और पौधे नाम मात्र को हैं।

यह बात नम्बरदार ऊदल सिंह और उनके नौकरों को मालूम थी। लेकिन वह किसी भी सवाल का उचित, सीधा और स्वभाविक जवाब नहीं दे रहे थे। वह ठीक जवाब इसलिए भी नहीं दे रहे थे कि वह इस अभियान में प्रत्यक्ष पक्ष बनकर सामने आना नहीं चाह रहे थे। बस्ती की आबादी के दबाव में वह मुश्किल से इस बात पर राज़ी हुए थे कि हाँका करके नीला निकाल कर उसे केवल इतना मारा जाए कि वह बाड़े में बन्द किया जा सके। पचास-साठ जवानों की संख्या काफ़ी थी, अगर वह फ़सूल के अन्दर प्रवेश करने की इजाज़त दे देते। नियम भी यही होता है कि जंगली जानवर अगर किसी फ़सूल के अन्दर छुपा हो तो चारों ओर से घेर करके कुछ लोगों को फ़सूल के अन्दर दाख़िल कर देते हैं और शोर मचा-मचा कर जानवर को बाहर निकलने पर मजबूर कर देते हैं और जानवर बाहर निकलते ही दाब लिया जाता है। ठाकुर ऊदल सिंह का विचार था कि इस तरह फ़सूल के अन्दर प्रवेश करने पर फ़सूल नष्ट होगी और साथ ही साथ तुलसी के पौधे भी पैरों तले रौंदे जाएँगे जिन से उनका अपमान होगा।

लोगों ने पूछा कि अरहर के खेत में तुलसी के पौधे कहाँ से आए। ठाकुर ने जवाब दिया कि यह वास्तव में तुलसी का खेत था, अरहर तो किसी मजबूरी के कारण ही उगानी पड़ी। लोगों ने कहा कि इतने बड़े खेत में तुलसी की खेती का क्या अर्थ, तुलसी तो गमलों में भी उगाई जा सकती है, कि इसका प्रयोग ही कितना है। कभी-कभी नज़ले-जुकाम में पत्तियाँ उबाल कर पी लीं या कभी-कभी पूजा कर ली। ठाकुर ऊदल सिंह ने जवाब दिया कि तुलसी की फ़सूल का सिर्फ़ इतना ही काम नहीं है। जब तुलसी बढ़ती है तो उसकी पत्तियों में सूरज की तेज़ चमक से एक विशेष तत्व पैदा होता है उस तत्व में एक ख़ुशबू होती है। हवा चले तो वह ख़ुशबू दूर-दूर तक जाती है। जहाँ-जहाँ तक वह ख़ुशबू पहुँचती है, वहाँ-वहाँ तक दूसरी फ़सूलों को नुक़सान पहुँचाने वाले कीड़ों को मार देती है।

लोगों ने कहा हमने तो ऐसा नहीं सुना। नम्बरदार ऊदल सिंह नें कहा कि इसके ज़िम्मेदार वह नहीं है। तब लोगों ने कहा मगर तुलसी के पौधे नज़र तो नहीं आ रहे। ठाकुर ऊदल सिंह ने जवाब दिया कि मुमकिन है कि अन्दर हों, अन्दर जाकर मेरे अलावा तो किसी ने देखा नहीं है। लोगों ने कहा अधिकांश तो अरहर के पौधे ही हैं, बल्कि हमारी नज़र में तो केवल अरहर के ही पौधे हैं। ठाकुर ऊदल

1. सुरक्षित

सिंह ने कड़कदार आवाज़ में कहा नज़र धोखा भी खा सकती है, अगर उसी धोखे में अरहर की फ़सूल के साथ तुलसी के पौधे भी कुचल गए तो ज़िम्मेदार कौन होगा...? बोलो ज़िम्मेदार कौन होगा...? बोलो चुप क्यों हो गए? सब एक दूसरे का मुँह देखने लगे और आहिस्ता-आहिस्ता सब ने स्वयं को विश्वास दिलाया कि अरहर के बड़े खेत में निःसंदेह अधिकांश तुलसी ही के पौधे हैं और तुलसी के पौधे कुचल जाएँ तो पाप लगेगा।

वास्तव में अन्दर जाने का ख़तरा कोई भी मोल लेना नहीं चाह रहा था। अन्दर जाने का अर्थ था नीले से पहला, सीधा प्रत्यक्ष मुक़ाबला, जहाँ भागने की भी जगह की संभावना नहीं थी। वह लोग घेरे में चलते रहे। पसीजी हुई लाठियाँ थामे। बराबर की दूरी रखते हुए। अपनी साँसों की आवाज़ को सुनते हुए। खेत की हल्की से हल्की आवाज़ पर कान रखे हुए।

हवा चली, शाखाएँ एक दूसरे से टकराईं। पूरे खेत में हवा के बहाव की दिशा में आवाज़ों का रेला आगे बढ़ा। इन आवाज़ों को लोगों ने फिर नीले की भगदड़ समझी। फिर सबके मुँह से डरी-डरी चीख़ें निकलीं। एक दूसरे को चीख़ता समझकर लोगों की चीख़ें और लंबी हो गईं।

एक अपेक्षाकृत कम घने हिस्से में मनों वज़नी गोश्त का स्याह तूदा[1] कनौतियाँ मिलाए खड़ा था। दुम तेज़ी से बे-आवाज़ गर्दिश कर रही थी। हरी ख़ुराक के पौधों के उधर चारों ओर देर से पहचल सुनाई दे रही थी मगर खेत के अन्दर कोई आवाज़ नहीं थी। खेत सुरक्षित था। हवा के झोंकों से पौधे बजते तो वह आवाज़ उसकी मानूस[2] आवाज़ थी। लेकिन उन आवाज़ों के बाद अचानक आदमी भी चीख़े थे। और ऐसा दो बार हुआ था। इस बार चीख़ें अभी तक थमी नहीं थीं। उसे लगा जैसे यह चीख़ें चारों ओर से बुलन्द हो रही हैं। उसे लगा घेरा तंग हो रहा है। उसे लगा लोग उसके बिल्कुल नज़दीक आ गए हैं। उसकी दुम ने तेज़ी से चक्कर लगाई। अगले खुर मिट्टी में मारे।

बाहर लोगों ने महसूस किया कि उनकी सहमी-सहमी चीख़ें जैसे ही बन्द हुईं, अन्दर खेत में ज़ोरदार आवाज़ें पैदा हुई हैं। अड़...ड़...भरड़...रड़... अड़र...भरड़...करता हुआ नीला अरहर के मज़बूत पौधों से टकराता हुआ पूरी गति से एक ओर प्रकट हुआ। डरी-डरी... चीख़ें बुलन्द हुईं। कुछ लोगों के हाथों से लाठियाँ छूट गईं। कुछ अन्धा-धुन्द दूसरी ओर भागे। कुछ ने हिम्मत करके लाठियाँ बुलन्द करके वार किये। ख़ून में लहूलहान स्याह[3] नीला खेतों, फ़सूलों को पार करता हुआ सीधा आबादी की ओर दौड़ा।

1. ढेर 2. परिचित 3. काला

2

ठाकुर ऊदल सिंह ने नीले को उसके बचपन से पाला था। उसके पालने का कारण भी विचित्र था और उसपर अभी तक भेद के पर्दे पड़े हैं। ऊदल सिंह एक साथ देहात, क़स्बे और शहर के निवासी थे। तीनों जगह उनके मकान थे। गाँव में पैतृक खेत थे और राज, क़स्बे में चेयरमैनी और शहर में व्यापार। वह राज, व्यापार और राजनीति तीनों को बराबर का समय और महत्व देते थे। गाँव में गढ़ी थी, क़स्बे में हवेली थी और शहर में कोठी। एक दिन गाँव की गढ़ी में चोरी हो गई। पचास तोले सोना, बीस सेर चाँदी के बर्तन और 10 हज़ार रुपये के अतिरिक्त गिरवी-गाँठ के 30-40 सोने के नग भी गए। वह क़स्बे से अपनी जीप में तूफ़ानी रफ़्तार से गाँव पहुँचे और गढ़ी के देहाती पहरेदारों के सिर पर इतने जूते बजवाए कि डॉक्टरी मुआयने की ज़रूरत पेश आ गई। उन लोगों ने रोते-रोते स्वीकार किया कि रात दूसरे गाँव की बारात में कुछ लोग आए थे, उन्होंने ने हमारे साथ बैठकर बीड़ियाँ पीं और हमें अपनी सिग्रेटें पिलाईं, सिग्रेटें पीकर हम बेहोश हो गए। गढ़ी के पीछे पहरे के कुत्ते मुर्दा पाए गए उनके मुँह से नीला-नीला पानी रिस रहा था। उन्हें मांस के टुकड़ों में कुचला खिला दिया गया था। जिस देहात से बारात आई थी वहाँ दविश दी गई तो बारात के घराने ने उन सिग्रेट पिलाने वालों से अपनी लाइल्मी[1] प्रकट की। बताया कि हम तो उनको घराती समझे थे। सोचा था कि लड़की वालों के दूर के सम्बन्धी हैं जो किसी और बस्ती से ब्याह के न्योते में आए हैं।

ठाकुर ऊदल सिंह दाँत पीसकर रह गए। वह रात का बैचेनी से इन्तज़ार करने लगे। जब रात हुई और देहात में रात शाम के बाद हो जाती है तो उन्होंने गढ़ी के दरवाज़े बन्द करके तीसरे दालान के पीछे वाले कोठे में जाकर ऊपर जाने वाली सीढ़ियों में सीढ़ी नम्बर तीन की पटिया हटा कर मुआयना किया और इत्मीनान किया कि डालडा के तीनों डिब्बों में वह सारे सोने के ज़ेवर वैसे के वैसे ही मौजूद हैं जो उधार लेने वालों ने ज़मानत के रूप में रखवाए थे और जो ब्याज अदा न करने के

1. अज्ञानता

तावान[1] में डूब गए थे और ठाकुर ऊदल सिंह की दौलत के समुद्र में उभर आए थे। वह लगभग 11 सेर सोने के ज़ेवर थे। इस ख़ज़ाने को शहर की कोठी में रखने का मतलब था इन्कमटैक्स वालों के ख़ौफ़ से खुद को बेख़्वाब[2] रखना। क़स्बे की हवेली में जो खुफ़िया जगह बनवाई थी और जिसे बनानेवाले राज मिस्त्री के कपड़े निर्माण के दूसरे दिन नहर किनारे पाए गए थे, वह उस नगदी के लिए ही नाकाफ़ी[3] थी जो ठाकुर ऊदल सिंह ने शहर के कोल्ड स्टोर और क़स्बे की चेयरमैनी से पैदा की थी।

कोल्ड स्टोर में 90 प्रतिशत आलू उनका ख़रीदा हुआ था पर बही-खातों में उसका इन्दिराज देहात के किसानों के नाम होता था। एक बार इन्कमटैक्स अफ़सर ने उन किसानों को नोटिस भेजकर शहर के ऑफ़िस में बुलाकर चैकिंग भी की थी। किसानों ने सारा लेखन अपने नाम में क़बूल किए। यह सारे किसान वो थे जो ठाकुर ऊदल सिंह की गढ़ी से बरसात और सर्दियों में अपने घर के ज़ेवर रखकर क़र्ज़ा उठाते थे।

जिस दिन किसानों के बयानात हुए थे उससे दो दिन पहले ठाकुर साहब शहर के वकील को लेकर गढ़ी में आए थे और उन सारे किसानों को आँगन में बिठाकर सवाल-जवाब की तैयारी करा दी थी और लाल और नीली रसीदों वाली किताबें दिखाकर उन से पूछा था :

''क्या तुम यह रसीदें पहचानते हो....?''

''नहीं.....'' सब ने एक आवाज़ होकर कहा था। शहर का वकील ठाकुर साहब का चेहरा देखने लगा और जल्दी-जल्दी सिग्रेट पीने लगा। ठाकुर साहब ने दाँत पीसकर समझाया कि तुम सब इन किताबों को पहचानते हो क्योंकि इन पर तुम्हारे अंगूठों के निशान हैं। फिर उन्होंने सब के अंगूठों के निशान लगवाए।

इन्कमटैक्स कार्यालय में किसानों ने एक साथ बताया कि ''अब हम इन किताबों को पहचानते हैं और कोल्डस्टोर में सारा आलू हमारा ही है और इन किताबों को तलपटी कहते हैं और इन पर हमारे अंगूठों के निशान हैं।''

इन्कम टैक्स ऑफिसर यह सुनकर चकराया। उसने अपने इन्सपैक्टर को दूसरे कमरे से बुलवाया, इन्सपैक्टर ने उसे फिर समझाया ''सर मैं खुद कई दिनों तक किसान का भेस बनाकर कोल्ड स्टोर के आस पास घूमा हूँ। यह सारा आलू कोल्ड स्टोर के मालिक का है। यह किसान तैयार किए हुए हैं।''

ऑफ़िसर ने अपने चैम्बर में आकर सबका बयान काग़ज़ पर दर्ज किया। सबने एक ही बात दोहराई कि हम किसान हैं। आलू पैदा करते हैं। फ़स्ल पर आलू

1. जुर्माना 2. अनिद्रा 3. अपर्याप्त

सस्ता होता है तो हम उसे कोल्ड स्टोर में रख देते हैं। कोल्ड स्टोर से फ़स्ल के बाद वाले ज़माने में निकाल कर यह आलू अच्छे दामों में बेच दिया जाता है। सुर्ख़-नीली तलपटी पर हमारे ही अंगूठे के निशान हैं।''

उनके चेहरों पर कोई ज़्यादा झूठ भी नहीं बरस रहा था। उन्होंने एक-एक शब्द सही कहा था, केवल बीच में एक वाक्य और भी जोड़ा जा सकता था कि ठाकुर साहब फ़स्ल पर आलू पैदा होते ही हम से औने-पौने ख़रीद लेते हैं कि उस समय हमें उनका ब्याज अदा करना होता है।

अफ़सर ने उनके चेहरों को पढ़ा और कार्रवाई पूरी करके इत्मीनान की साँस ली कि केस ख़त्म करने से पहले सारी ज़रूरी कार्यवाहियाँ पूरी हो गई थीं। केस पढ़ना, सन्देह करना, सन्देह दूर करने के लिए नोटिस भेजकर गवाहों को बुलाना, उनके बयान दर्ज करना, और फिर फ़ैसला सुना देना। ठाकुर साहब ने ऑफ़िस से निकलते हुए हाथ जोड़कर कमर से झुकते हुए 'साहब' का शुक्रिया अदा किया और शोक प्रकट किया कि आपको इस केस में व्यर्थ ही मेहनत करनी पड़ी और इतने लोगों के बयान लिखने पड़े। साहब ने नम्रता पूर्वक उनके सामने हाथ जोड़कर कहा ''यह तो हमारा कर्तव्य था।''

ठाकुर साहब चोरी के बाद कई दिन तक गाँव आते रहे। वह रोज़ शाम को गढ़ी की बैठक में बैठकर दाँत पीसते रहते और उन नौकरों को माँ-बहन की सुनाते रहते जिन्होंने चोरों के हाथों नशे की सिग्रेटें पी थीं।

एक दिन ऐसे ही बैठे थे कि बाहर शोर हुआ। निकलकर देखा तो गढ़ी की चारदीवारी में एक मादा नील गाय दो बच्चों के साथ हाँपती हुई, इधर से उधर, उधर से इधर घबराहट की हालत में दौड़ रही है और धूल उड़ा रही है। गेहूँ के खेत कटने के बाद खेत मैदान हो गए थे और छुपने की जगह नहीं बची थी। कुत्तों ने रगेदा होगा और बेचारी बच्चों की धीमी चाल से मजबूर होकर गाँव की ओर भाग पड़ी होगी। मादा तो टूटी हुई चार दीवारी फलांग कर भाग खड़ी हुई। आगे जाकर रुक कर मुड़कर बच्चों की ओर देखा। दुम तेज़ी से हिलाई फिर चारदीवारी की ओर भाग कर वापस आई कि कुत्तों ने फिर रगेदा। मजबूरन उसे खेतों की तरफ़ भागना पड़ा।

बच्चों को, भूरे-भूरे, बड़ी-बड़ी आँखों वाले बड़े कुत्ते की जसामत[1] के बच्चों को, पकड़कर नीम के पेड़ से बाँध दिया गया। उनमें का एक नीम के पेड़ से बँधा-बँधा तेज़ी से पेड़ के चक्कर लगाता और जब रस्सी पेड़ से लिपट जाती और गर्दन में बल पड़ने लगते और आँखें उबलने लगतीं, तो फिर उल्टी दिशा में चक्कर काटने लगता। उसने पेड़ से सर टकरा-टकरा कर लहूलहान कर लिया था, थोड़ी देर बाद जब सूरज

1. आकार

डूब रहा था तो वह ज़मीन पर गिर कर तेज़-तेज़ साँसें लेने लगा। ख़ून की उल्टी हुई और थोड़ी देर बाद वह ठंडा हो गया। दूसरे बच्चे की टाँगें बाँध दी गईं थीं और उसे नीम के पेड़ से सर टकराने की छूट नहीं दी गई थी।

इतने में गाँव के लोग पहुँचे। एक बूढ़े ने दुख के साथ कहा "हाय री दय्या, गऊ माता का वध होए गया।" ठाकुर की आँखें यह सुनकर चमकने लगीं। उन्होंने बूढ़े को डाँटकर चुप कराया और बताया कि अगर इन जानवरों को पकड़ा नहीं जाता तो यह गाँव के ग़रीब किसानों के घरों में घुसकर ढूँढ-ढूँढ कर नन्हें-नन्हें बच्चों को अपने पैरों से कुचल डालते। गाँव वालों ने ऊपर वाले का शुक्र अदा किया कि आज ठाकुर ऊदल सिंह की वजह से उनके भोले-भाले बच्चों की जान बच गई।

ठाकुर ऊदल सिंह ने अपनी आँखों से देखा था कि मरने वाला जानवर का बच्चा कितना वीर और बलवान था। नीम के तने पर बच्चे के सिर की मार के निशान देखकर उन्होंने फ़ैसला किया कि जो बच्चा बच गया है उसे वह पालेंगे क्योंकि पहले तो यह गऊमाता होता है, दूसरे यह कि यह बड़ा होकर अजनबियों को अपने सींगों से लहूलहान करके अपने खुरों से कुचल सकता है। तीसरे यह कि उसे खिलाने-पिलाने का कोई विशेष ख़र्चा नहीं होगा। कभी-कभी अपने खेतों का चारा भी खा लिया करेगा, चौथे यह कि मांस के टुकड़े शौक़ से नहीं खाता! कुचला खाने का डर नहीं।

ठाकुर साहब ने उसे इस ढंग से पाला कि आधा समय वह क़स्बे में रहता और आधा समय गाँव में काटता। गाँव की गढ़ी और क़स्बे की हवेली में पांच मील की ही दूरी थी। वह तो उसे नीला कहकर पुकारते थे और लोग उसे ठाकुर का नीला कहकर बुलाते थे।

शुरू-शुरू में बहुत दिक़्क़तें पेश आईं। अव्वल तो यह कि वह वहशी था। किसी तरह बँधने पर राज़ी नहीं होता था। पहले उसे भूखा रखा गया। भूख ने उसकी वहशत को कम किया। फिर उसे ख़ूब पेट भरकर ज़रूरत से ज़्यादा ग़िज़ा दी गई तब खुशख़ोरी[1] ने उसकी वहशत को बज़ाहिर ख़त्म कर दिया। गाँव और क़स्बे वाले उसे तफ़रीह[2] का ज़रिया समझते थे। ठाकुर ऊदल सिंह उसे हमेशा बाँधकर रखते थे। वह हरा चारा नाश्ते में खाता था। मोटे अनाज की सानी लंच में और डिनर में साबुत अनाज और गुड़। कभी-कभी सूप के तौर पर उसके मुँह में खोखले बाँस का नलका डाल कर सरसों का शुद्ध तेल पिलाया जाता। दो साल में उसका सीना पुरगोश्त[3], बदन सुडोल और सींग हिलाली[4] हो गए। माथे पर सफ़ेद भौंरी के बाल जगह बनाने लगे। एक दिन ठाकुर साहब ने महसूस किया कि नीला अब इतना

1 खूब खाने 2. मनोरंजन 3. मांसल 4. अर्ध चंद्राकार

बड़ा और बलवान हो गया है कि रस्सी की बंदिश को केवल आदत के रूप में फ़रमाँबरदारी में क़बूल करता है नहीं तो चाहे तो एक ही ज़क़न्द[1] में रस्सी और रस्सी के दूसरे सिरे पर भोंदू किसान को लेकर उड़ जाए।

अगर रस्सी से आज़ाद कर दूँ तो क्या भाग जाएगा? उन्होंने सोचा और कुछ याद करके मुस्कराए। रात में गढ़ी के आंगन में लेटकर उन्होंने पिछले साल का चेयरमैनी का चुनाव याद किया। उनके पक्ष के 7 लोग सदस्यता का चुनाव जीते थे और विरोधी उम्मीदवार के पक्ष के 8 सदस्य विजयी हुए थे। उन 15 सदस्यों को चेयरमैन का चुनाव करना था। पिछले 20 वर्ष से वह किसी की भागीदारी के बिना अकेले उम्मीदवार होते आए थे। सदस्यों द्वारा चुनाव केवल परंपरागत ख़ानापूरी होता था मगर अब ज़माना बदल रहा था। कुछ अजीब-अजीब से नारे सुनने में आते थे कि ''ठाकुर ही क्यों बारम्बार.... नहीं चलेगा एक परिवार'' या ''ठाकुर को है हटाना... हम को भी आज़माना।''

अभी चेयरमैनी के चुनाव में 5 दिन बाक़ी थे। विरोधी केम्प आठ उम्मीदवारों के साथ जीता था इसलिए चुनाव से पहले ही जश्न मना रहा था। जश्न की आवाज़ें कानों में आतीं तो ठाकुर के तन-बदन में आग लग जाती। वह हवेली की छत पर खुर्री चारपाई पर लेटे-लेटे रात गुज़ार देते। चुनाव से तीन दिन पहले महीलाल चमार मेम्बर ग़ायब हो गया। पुलिस में गुमशुदगी की रिपोर्ट लिखाई। यह रिपोर्ट ठाकुर साहब ने लिखवाई थी। उनका बयान था कि महीलाल अन्दर ही अन्दर उनका पक्षधर था। विरोधी उम्मीदवार इस बात को जान गए थे। उन्होंने उसका अपहरण करवाके उसे मरवा डाला है। महमूद साहब की तरफ़ से भी रिपोर्ट हुई। उसका सार भी वही था। पुलिस ने तफ़्तीश तेज़ कर दी यानी दोनों उम्मीदवारों को क़ुर्क़ी की धमकी देकर दोनों से कहा गया कि चुनाव के दिन तक मक़्तूल[2] को हर हाल में हाज़िर करना पड़ेगा। दोनों उम्मीदवारों ने पुलिस को वचन दिया।

दिन में ठाकुर साहब क़स्बे की हवेली में पुलिस के सब-इन्सपेक्टर को खाने की मेज़ पर तफ़्तीश कराते और रात को 12 बजे के बाद गाँव पहुँच कर गढ़ी के तहख़ाने में महीलाल को डंडे पर कपड़ा लपेट कर पिटवाते। चुनाव से एक दिन पहले उन्होंने महीलाल को समझाया।

''हमारा साथ देने में तुम्हारा जो लाभ है उसे तुम समझ नहीं पा रहे हो। एक तो यह कि चेयरमैन बनने के बाद सफ़ाई का मेम्बर-इंचार्ज बनवा दूँगा। सफ़ाई के अमले की आसामियाँ तुम अपनी मर्ज़ी से भरना। क़स्बे में नल लगवाने का काम

1. छलांग 2. वधित

भी तुम्हारे ही सुपुर्द होगा। 100 नल मंज़ूर होते हैं, कम से कम 15 ज़रूर लगवाना होंगे। रोज़ाना सड़क की नालियों पर चूना डालने का एक बजट होता है। उस पैसे को तुम धर्म के काम में लगा सकते हो, जैसे अपनी बेटी की शादी का खाना और कपड़े आदि क्योंकि रोज़ाना चूना डलवाने से नालियों में चूने की लुगदी जम जाएगी जिसकी वजह से अधिक गन्दगी का ख़तरा है।''

उन्होंने उसे यह भी समझाया कि शहर के कुछ गुण्डे उसकी लड़की का अपहरण करके अपने काम में लाना चाहते थे जिनको ठाकुर ने बड़ी मुश्किल से रोका है और उन गुण्डों को अच्छी तरह समझा दिया गया है कि महीलाल हमारा आदमी है। आदमी क्या हमारा भाई है। हमारा समर्थक है। हमें वोट देने जा रहा है।

उन्होंने बातों ही बातों में यह भी समझाया कि उन शहरी ने यह काम केवल उनके कहने की वजह से नहीं किया और वह यह धमकी दे गए हैं कि अगर महीलाल ठीक से राज़ी नहीं होता तो उसका गला काट कर उसके कपड़े खून में भिगोकर महमूद साहब के घर के पिछवाड़े खण्डहर में डलवा दो। यह सुनकर महीलाल ने अपने गले पर हाथ फेर कर देखा। सलामत पाया तो ठाकुर साहब का हाथ जोड़ कर शुक्रिया अदा किया।

गढ़ी के ठंडे आंगन में लेटे-लेटे ठाकुर साहब ने पिछले मौसम की उस रात को याद किया और उस याद में मज़ा महसूस किया कि कैसे उन्होंने अचानक एक फ़ैसला किया था। वह महीलाल से अचानक आवाज़ बदल कर बोले थे ''महीलाल तू क्या समझता है कि मैं तुझे अपनी चेयरमैनी के लिए उठाकर लाया हूँ, नहीं बिल्कुल नहीं। ऐसा विचार भी मन में मत लाना नहीं तू शायद अब भी यही सोच रहा है....।''

महीलाल चुपचाप खड़ा होले-होले काँपता रहा। ठाकुर ने चेहरे पर एक विशेष प्रकार का साधु-संतों वाला तेज पैदा किया और भारी बनावटी आवाज़ में बोले :

''चलो महीलाल तुम्हें तुम्हारे घर छोड़ आएँ, कल जिसे मन चाहे वोट देना।'' वह हैरान खड़ा उन्हें देखता रहा। ठाकुर ने उसकी टाँगों से रस्सी खोली फिर हाथों की रस्सियाँ खोलीं। उसकी आँखों पर अंगोछा बाँधा और उसी दशा में गाँव से लाकर क़स्बे की ईदगाह के पीछे जाकर जीप से उतारा और अंगोछा खोलकर उसकी चमचमाती आँखों में देखने लगे। देखते रहे! यहाँ तक कि वह भी उन्हें देखने के क़ाबिल हो गया। उसने आज तीन दिन और तीन रातों के बाद अपने पैरों और हाथों को आज़ाद पाया था। उसने आँखें मलकर ठाकुर का चेहरा देखा। उसे ठाकुर के चेहरे के चारों ओर एक चक्र सा दिखाई दिया जैसा रामलीला की तस्वीरों में होता है। ठाकुर जो अभी तक उसका एक हाथ पकड़े हुए थे, सोच रहे थे कि यह हाथ छोड़ दूँ या

पकड़े रहूँ। उससे कुछ बोलूँ कि न बोलूँ। महीलाल ने उस हाथ की परवाह नहीं की। उसे अपनी जान बचने की इतनी प्रसन्नता हो रही थी कि उसे ध्यान ही नहीं था कि उसका हाथ अभी तक ठाकुर की गिरफ़्त[1] में है।

पौ फटने वाली थी। बेर के पेड़ों में तीतर बोला। शुभ शगुन लेकर ठाकुर ने महीलाल की सूखी कलाइयों में कुछ इत्मीनान से दौड़ते हुए खून की रफ़्तार को महसूस किया और हाथ छोड़ने का जो एक मात्र लाभ महीलाल की समझ में आया वह यह कि अब वह इत्मीनान से झुक कर दोनों हाथ जोड़ सकता था। उसने यही किया।

चुनाव में ठाकुर को वोट देने के बाद उसने थाने में बयान दिया कि वह मन के अन्दर से हमेशा से ठाकुर साहब का समर्थक रहा है। महमूद साहब के डर से वह दिल्ली भाग गया था और वहीं निज़ामुद्दीन स्टेशन पर तीन दिन तीन रातें गुज़ार कर आया है। पुलिस सबइन्सपेक्टर ने फ़ाइनल रिपोर्ट लगाई और हाशिए में ठाकुर साहब के सहयोग का मोटे शब्दों में ज़िक्र किया जो अब चेयरमैन भी थे।

केवल एक वर्ष पुरानी याद में भी इतना मज़ा आ सकता है, यह सोचकर ठाकुर को और आनन्द आया। खेतों की ओर से हवाएँ लोरियाँ देती हुई आईं। पहरे के नौकरों को गालियाँ देकर उन्होंने होशियार किया, बंधे हुए नीले को एक नज़र प्यार और एक नज़र अधिकार के साथ देखा और सो गए। सुबह उठकर उन्होंने सब से पहला काम यह किया कि आकाश पर निगाह फेंक कर देखा कि पौ फटने में कितनी देर है। जब मैला-मैला उजाला इतना रोशन हो गया जितना पिछले वर्ष महीलाल का हाथ छोड़ते समय था तो उन्होंने कान लगाकर कोशिश की कि किसी बेर के बाग़ में तीतर बोल जाए, नहीं बोला। अलबत्ता कोई टटीरी ज़ोर से चीख़ी। उसी को तीतर की आवाज़ मानकर उन्होंने आगे बढ़कर नीम के पेड़ से बँधे नीले को रस्सी से आज़ाद कर दिया। वह रस्सी खुल जाने के बाद भी वैसे ही खड़ा रहा, हिला तक नहीं।

ठाकुर साहब ने ज़ोर से आवाज़ देकर अपने छोटे बेटे ओमकार को बुलाया। उसकी आँखों में रात की शराब का ख़ुमार था, नीले को आज़ाद देखकर उसका नशा टूटा। उसने आश्चर्य से अपने बाप को देखा। बाप ने चेहरे पर कोई अनावश्यक भाव लाए बिना मज़बूत आवाज़ में धीमे-धीमे कहा :

"ऐसे ही महीलाल को राम किया था बीते साल....."

1. पकड़

3

नीले ने अपनी ज़िन्दगी में अचानक एक सुखद परिवर्तन महसूस किया। उसे लगा कि गर्दन में जो मोटी सी चीज़ चुभती रहती थी वह दूर हो गई है और अब चलने में कोई रुकावट महसूस नहीं होती। पहले तो यह होता था कि अगर कभी तेज़ चलने का दिल चाहे तो रस्सी पकड़ने वाले का बोझ भी घसीटना पड़ता था। अब सब कुछ कितना हल्का-फुल्का हो गया है।

इस बदलाव के कारण स्वाभाविक रूप से उसे एक शंका लग गई कि और बातें भी तो नहीं बदल गईं। लेकिन जब हर सुबह हरा चारा, दोपहर को सानी और रात को अनाज और गुड़ मिला तो उसने तबीयत में बहुत चोंचाली महसूस की। वह गढ़ी के चारों कोनों में घूमता फिरा। एक बार दरवाज़े से निकल कर बाहर भी गया। गाँववाले उसे खुला देखकर चौंके। कुछ बिदके, कुछ उसकी आज़ादी के ख़्याल से खुश हुए। नीला थोड़ी देर बाद गढ़ी में वापस आ गया और नीम के पेड़ के नीचे आकर खड़ा हो गया। थोड़ी देर बाद उसे अन्दर ही अन्दर गर्दन पर तनाव महसूस हुआ। वास्तव में जब धूप उस जगह आ जाती थी तो वह उठकर लम्बी रस्सी घसीटता हुआ पेड़ के साए वाले हिस्से में चला जाता था। उस समय भी उस पर धूप आ गयी थी। रोज़ाना उसी घड़ी उसे उठकर रस्सी की गिरफ़्त के सहारे साये में जाना होता था। इसलिए उसे धूप और रस्सी का तनाव साथ-साथ महसूस हुआ लेकिन जब वह साये के हिस्से की ओर बढ़ा तो उसे ज्ञान हुआ कि आज रस्सी का तनाव गर्दन पर नहीं था। वह अगले दोनों पैर ज़मीन पर मार कर अगले धड़ से उठा और नीम के तने पर अपने सर से एक धीमी सी टक्कर मारी। यह आज़ादी के नृत्य की पहली ताल थी।

ठाकुर साहब ने धीरे-धीरे उसे कुछ लोगों से मानूस कर दिया जिसका अनिवार्य नतीजा यह निकला कि वह दूसरे लोगों को थोड़ा सा पराया समझने लगा। क़स्बे में जिस सुबह यह ख़बर उन्हें मिली कि रात नीले ने गढ़ी की दीवार फलांग कर शीशम की सोट चुराकर भागने वाले शामू की कमर तोड़ दी है तो मारे ख़ुशी के हवेली में नाचे-नाचे फिरे। गाँव पहुँचे और नीले के मुँह में खोखला बाँस डालकर

अपने हाथ से एक सेर तेल पिलाया। तेल पीकर वह उछलने लगा। ठाकुर ने बैठक में आकर गाँव की भीड़ को देखा जो नीले की शिकायत लेकर आई थी और केवल एक ही बात कही।

"रात के दो बजे शामू गढ़ी में क्या पूजा करने आया था। बोलो, जवाब दो, चुप क्यों हो...."

ज़ाहिर है कि इस बात का जवाब कौन देता कि रात के दो बजे वास्तव में पूजा का कोई मुनासिब वक़्त नहीं होता।

"यह गऊ माता का अवतार है, दुष्ट लोगों का ठीक-ठीक प्रबन्ध रखेगा।" हुजूम[1] उठकर चल दिया। कुछ बूढ़ों ने गढ़ी से निकलते वक़्त कनखियों से नीले को देखा जो अगले पैर ज़मीन पर मार-मार कर धूल उड़ा रहा था। कुछ लोगों ने हाथ जोड़कर अवतार को प्रणाम किया।

गढ़ी में रखे ज़ेवरात की हिफ़ाज़त के इस अनोखे इन्तज़ाम से ठाकुर का रोम-रोम खुश हो गया...नीला कभी-कभी क़स्बे की हवेली में रात गुज़ारता था। ठाकुर ने भी यह सोच-समझ कर किया था ताकि क़स्बे और देहात दोनों पर नीले की समान दहशत क़ायम रहे। नीला अभी पट्ठा था, पूर्ण रूप से बालिग़ नहीं हुआ था इसलिए मस्ती में नहीं आता था। इसलिए वह उनके साथ कुत्ते की तरह रहता था।.... साथ-साथ.... वफ़ादार आगे-पीछे.....दाँए बाएँ।

देहात की खेती-बाड़ी, गिरवी गाँठ का काम सब कुछ ठीक चल रहा था। नीले की वजह से चोरों से भी खूब हिफ़ाज़त थी। इसी तरह क़स्बे की हवेली में कभी-कभी रात गुज़ारने की वजह से वहाँ भी चोरों का ख़तरा नहीं रहा। अब तो कभी-कभी ऐसा भी होने लगा कि चोर तो चोर जो लोग हवेली या गढ़ी में अपना हक़ लेने आते जैसे गेहूँ काटने वाले अपनी मज़दूरी का गट्ठा या छत पर मिट्टी डालने वाले मज़दूर अपने हिस्से का अनाज, तो उन पर भी नीला दौड़ पड़ता था। वह लोग ठाकुर से मिन्नत-समाजत करते, नीले की कार्यकुशलता की अतयुक्ति के साथ प्रशंसा करते तब ठाकुर खुश होकर उन्हें उनका हक़ देते।

देहात और क़स्बे की तरफ़ से जब फ़रागत महसूस हुई तो ठाकुर ने शहर की तिजारत में ध्यान बढ़ाया। देहात वाली चोरी की घटना के बाद उधर समय नहीं दे पाए थे। शहर की तिजारत भी ज़ोरों पर चलने लगी।

वैसे तो नीला ज़्यादातर काम मामूल[2] के मुताबिक़ करता था यानी देहात में रहता तो किसी भी खेत में दो-चार मुँह मार देता कि जानवर यह भेद-भाव नहीं कर सकते कि यह तेरा है, यह मेरा है। कभी-कभी गढ़ी से तालाब की तरफ़ जाते हुए

1. भीड़ 2. नित्यनियम

अगर गली तंग है तो वह रास्ते में मिलने वाले व्यक्तियों के बीच सींगों से रास्ता बना लेता....! यह बात भी हर व्यक्ति आसानी के साथ समझ सकता है कि सींगों के बजाए अगर खुरों से रास्ता बनाता तो इसमें लोगों को ज़्यादा घाव आते। कभी-कभी यूँ ही दोलत्ती भी चला देता जिस से उन लोगों के कपड़े और कपड़ों के नीचे ज़रा खाल वग़ैरह भी फट जाती। मालूम नहीं क्यों लोग-बाग बीच रास्ते में चलना अपना पैदाइशी हक़ समझते हैं।

इसी तरह जब वह क़स्बे में होता तो कभी-कभी पड़ोस के किसी भी घर में घुस पड़ता और मिट्‌टी के बर्तन वग़ैरह तोड़कर .खुश-खुश वापस आता।

ठाकुर ने शिकायत के जवाब में सदा यही कहा कि नीले ने आज तक किसी के ताँबे-पीतल के बर्तन नहीं तोड़े। हमेशा मिट्‌टी के तोड़े। ठाकुर चाहते थे कि लोग नीले के इस हुस्ने-तफ़रीक़[1] की दाद दें। धीरे-धीरे लोग उस से बेज़ार[2] होने लगे। विशेष रूप से देहात में लोग अपने कमज़ोर किवाड़ भी बन्द रखते।

क़स्बे में भी नीले को दूर से देखते ही आवश्यक वस्तुएं छिपा ली जातीं और दरवाज़े अगर खुले हों तो बन्द कर लिए जाते। ठाकुर ने लोगों की इस बेज़ारी को बहुत बुरा समझा। उन्हें अक्सर ख़्याल आता कि वह कैसे लोगों के बीच ज़िन्दगी गुज़ार रहे हैं जिन में ज़रा भी हास्य की समझ नहीं ज़रा भी चौंचाली नहीं।

एक दिन गुलफ़ाम कुंजड़ा शाम को रोता हुआ क़स्बे की हवेली पर आया और बैठक में ठाकुर के पैर पकड़ लिए। उसने अहवाल बयान किया कि वह ख़्वांचा लगा कर अमरूद बेच रहा था कि बिना किसी उत्तेजना के नीले ने आकर पहले तो उसके पाँच अमरूद खाए। जब उसने नीले को धक्का दिया तो नीले ने बाक़ी अमरूदों को कुचल दिया। जब उसे इस हरकत से रोका गया तो उसने गुलफ़ाम के ऊपर दो पैरों से हमला कर दिया जिस से उसका बाज़ू घायल हो गया और क़मीज़ फट गई वह इसका हर्जाना चाहता है।

ठाकुर ने उसकी बात ध्यानपूर्वक सुनी बल्कि कई बार घटनाओं को बीच-बीच में रोक-रोक कर नए सिरे से सुना। इस बीच उन्होंने नौकर भेज कर कुछ पास-पड़ौस के, कुछ बाज़ार के आदमी बुलवा लिए। जब सब आकर घेरा डालकर बैठ गए और गुलफ़ाम ने सातवीं बार वाक़िआ बयान कर लिया तो ठाकुर ने उस से एक अजीब स्वच्छंद भाव के साथ पूछा!

''आज का तहबज़ारी का पैसा भरा था?''

''नहीं सरकार। ख़्वांचा बढ़ाकर ठेकेदार को देता, शाम को देता।''

1. अंतर स्पष्ट करने की विशेषता 2. नाराज़

“तहबज़ारी का मतलब होता है बाज़ार में बैठने के बदले उस सरकारी जगह का रोज़ाना का किराया। इतना तो तुम जानते होगे?”

“हाँ सरकार।”

“अगर तुमने इस वक़्त तक तहबज़ारी का पैसा नहीं भरा तो इस का मतलब सुबह से शाम तक तुम ग़ैरक़ानूनी अंदाज़ में बैठे। बोलो, जवाब दो।”

गुलफ़ाम चुप रहा। यह नुक्ता उस की समझ में आम हालात में भी नहीं आता, न कि उस ज़ख़्मी हालत में जबकि अमरूदों का नुक़सान भी हो चुका था।

“बोलो....भाई कुछ तो बोलो.....मैं तुम्हें पूरा समय देता हूँ। मैं उन लोगों में से नहीं जो दौलत और कुर्सी के नशे में ग़रीब को बोलने भी नहीं देते और अपनी ही कहे जाते हैं।”

यह कहकर उन्होंने तमाम लोगों के चेहरे पर आए प्रभावों का मुआयना करना ज़रूरी ख़्याल किया। भाव कुछ-कुछ अपेक्षानुसार थे। तजुर्बे ने उन्हें बताया था कि कभी-कभी कुछ देर ख़ामोश रहना बोलने के मुक़ाबले में ज़्यादा फ़ायदेमन्द होता है। वह चुप हो गए। बल्कि ख़ाकसारी के अन्दाज़ में सर भी नीचे झुका लिया। फिर थेड़ी देर बाद उन्होंने धीमे से निर्णायक अंदाज़ में कहा।

“आज तुम ने तहबज़ारी की चोरी की।”

फिर कुछ देर ख़ामोश रहकर उन्होंने उससे भी अधिक धीमी लेकिन मज़बूत आवाज़ में सवाल किया।

“तुम्हारे कितने अमरूद खाए। दस, आठ, चार या पाँच? तुम इस बात को सात बार दोहरा चुके हो। मैं अपने कानों से छः बार सुन चुका हूँ। जब से यह पन्द्रह लोग यहाँ बैठे हैं, तुम कई बार अपने अमरूदों की तादाद बदल चुके हो। बोलो कितने अमरूद खाए। सात बार या छः बार । इन पन्द्रह लोगों के सामने जवाब दो। मैं तुम्हें नौ बार मौक़ा दे चुका हूँ....बोलो....सच कि झूठ....जवाब दो...”

गुलफ़ाम बोला, “नीले ने मेरे पन्द्रह अमरूद या सात अमरूद या शायद नौ अमरूद या मेरे ख़्याल में दो अमरूद खाए थे।”

सब ठट्टा मार कर हँसने लगे। गुलफ़ाम उनकी तरफ़ बेबस नज़रों से देखता रहा।

“आप लोगों ने देखा यह कितनी बार अमरूदों की गिनती बदल चुका है, अब इसकी किस बात का विश्वास करें विशेष रूप से इस हालत में कि आज इसने तहबज़ारी टैक्स की चोरी भी की।”

“सरकार! नीले ने मेरे हाथ पर लात चलाई और ख़ूनम-ख़ून कर दिया।” गुलफ़ाम सिसकने लगा।

ठाकुर ने सब लोगों की ओर देखते हुए कहा।

"आप धर्म-ईमान से बोलना। हमारा नीला जो हाथी के बराबर है अगर इस लौंडे को लात मारता तो क्या यह ज़िन्दा बच सकता था? क्या इसके पास कोई सबूत है कि नीले ने इसको लात मारी जबकि यह ख़ुद इस बात का इक़रार कर रहा है कि उसने बिना किसी उत्तेजना के नीले को दो बार धक्का दिया...."

"सरकार! जब इसने मेरे अमरूद खाए तब धक्का दिया था।"

"कौन से अमरूद जिन की सही गिनती भी तुम इन पंचों के सामने नहीं बता पाए हो....!

"क्योंकि अब वे आदमी पंच थे इसलिए उनका न्यायप्रिय होकर संजीदगी[1] के साथ फ़ैसला करना ज़रूरी था। उनमें से चन्द-एक के चेहरों पर जजों जैसी संजीदगी और कठोरता भी आ गई थी।

एक-एक करके उन पन्द्रह आदमियों ने गुलफ़ाम से विभिन्न प्रकार के पन्द्रह-पन्द्रह सवालात पूछे। गुलफ़ाम ने हर सवाल का निहायत ग़लत जवाब दिया यानी उन पंचों ने कुछ ऐसा ही महसूस किया। इस बीच ठाकुर बिल्कुल चुप रहे। अब उनके बोलने की कोई विशेष आवश्यकता भी नहीं रह गई थी। वह अब अगर बोलते भी थे तो चारों ओर से सवालात के घेरे में गिरफ़्तार गुलफ़ाम की तरफ़दारी में ही कोई जुमला अदा करते।

उनकी इस निष्पक्षता बल्कि आत्म विरोधी व्यवहार ने पंचों पर बहुत अच्छा प्रभाव डाला। सब गुलफ़ाम की भर्त्सना करने लगे। जब मजलिस बर्ख़ास्त[2] हुई तो सभों का फ़ैसला यह था कि गुलफ़ाम बाग़ों से अमरूद चुराकर बेचता है और उस पर धांधली भी करता है कि तहबज़ारी का टैक्स अदा नहीं करता। आज उसने एक और सीनाज़ोरी करने की कोशिश की एक मासूम गऊ समान पशु पर हमले का आरोप लगाया जो बेचारा शाम के समय टहलने के लिए बाज़ार की सड़क पर बाएँ किनारे की ओर दब कर ट्रैफ़िक के नियमों के अनुसार चल रहा था यक़ीनन गुलफ़ाम ने मज़ा लेने के लिए, जैसा कि इस प्रकार के औबाश लड़के करते हैं, उस बेज़बान जानवर पर दो या पाँच या सात या नौ बार कच्चे सख़्त अमरूद मारे जिससे मुमकिन है जानवर को चोट आई हो गुलफ़ाम सौ बार उठा-बैठी करे और ठाकुर साहब से माफ़ी माँगे।

गुलफ़ाम ने सौ बार उठा-बैठी करनी चाही तो ठाकुर ने अठानवे पर पहुँच कर उसे रोक दिया और पंचों की ओर देखकर कहा! "अब बस कीजिए इतनी ही काफ़ी हैं। मेरा दिल बहुत नर्म है।"

1. गंभीरता 2. समाप्त

उनके लहजे में आँसू देखकर लोगों ने गुलफ़ाम को रोका। जब गुलफ़ाम अपना टूटा हुआ ख़्वान्चा और बचे हुए अमरूद लेकर आँखों में आँसू भरे हवेली से बाहर निकला तो दरवाज़े पर नीला खड़ा ज़मीन पर पाँव मार रहा था। पंचों ने उसे ललकार कर कहा....

"अरे अब इस बेज़बान को अमरूद तो खिला दे हत्यारे...."

हत्यारे ने ख़्वान्चा ज़मीन पर रखकर आँसू ख़ुश्क किए और अमरूद दोनों हाथों में भरकर बेज़बान जानवर के सामने पेश किए।

4

जब दौलत, सियासत और इक़्तिदार[1] तीनों हासिल हों तो बिगड़ी बात बनाने में ज़्यादा मेहनत नहीं करनी पड़ती.... एक दिन ठाकुर इसी फ़ल्सफ़े पर ग़ौर कर रहे थे तो उन पर एक अजीबोग़रीब बात खुली कि जबसे वह देहात और क़स्बे की दौलत की हिफ़ाज़त से बेफ़िक्र हुए हैं, सियासत और तिजारत में ख़ूब समय देने लगे हैं और उनका ध्यान और समय देने की वजह से सियासत और तिजारत पहले से कई गुना तरक़्क़ी पर हैं यानी इन सब तरक़्क़ियों के पीछे उस नीले का हाथ है।

उन्हें यह बात हास्यास्पद महसूस हुई। मगर वह जितना ग़ौर करते इसी नतीजे पर पहुँचते कि उनकी वर्तमान तरक़्क़ी में नीले का बहुत अमल-दख़ल है। यह बात बड़ी हद तक सही थी। देहात और क़स्बे में लोग ठाकुर साहब से ज़्यादा नीले से ख़ौफ़ खाने लगे थे। लोग जानते थे कि ठाकुर साहब अगर सीधे किसी को कोई हानि पहुँचाएँगे तो उसकी दाद-फ़रियाद है लेकिन नीले की किसी हरकत की दाद-फ़रियाद इसलिए नहीं है कि उसकी हिमायत में ठाकुर साहब के अलावा बहुत से निष्पक्ष लोग भी शामिल हो जाते थे। कोई नीले को बुरा कहकर अकारण श्राप भी नहीं लेना चाहता था क्योंकि ठाकुर साहब ने विभिन्न लोक कथाओं से यह साबित कर दिया था कि नीला भी गाय माता के बहुत ही क़रीबी अज़ीज़ों[2] में होता है यानी तक़रीबन कज़िन जैसा उन्होंने कज़िन का हिन्दुस्तानी तर्जुमा[3] कर के भी बताया था।

आहिस्ता-आहिस्ता सूरते-हाल कुछ यूँ हो गई कि जो लोग नीले से चुटैल भी होते वह भी इस बात का खुल्लम-खुल्ला नहीं मानते कि कहीं ऐसा न हो कि उन्हीं की कोई ग़लती सामने आ जाए सूरते-हाल को इस हद तक पहुँचाने के लिए कई वाक़िआत आलमे-ज़हूर[4] में पेश आए जिनमें कुछ देहात में घटित हुए और कुछ वाक़िआत के लिए प्रकृति ने क़स्बे का चुनाव किया।

1. सत्ता 2. परिजनों 3. अनुवाद 4. भौतिक संसार

5

देहात में गढ़ी के ठीक सामने नन्हू कुम्हार की बेवा अपनी दो जवान बेटियों के साथ रहती थी। नन्हु कुम्हार का पिछले दिनों टी. बी. रोग में देहान्त हो गया था। सुबह तीन बजे उठकर तीनों माँ-बेटियाँ गधों को लेकर निकल पड़तीं और दूर-दूर के तालाबों की मिट्टी खोदकर गधों पर लाद-लाद कर सुबह मुँह-अंधेरे वापस आ जातीं। फिर गारा तैयार करतीं। कुम्हार की जवान बेटियाँ पिंडलियों तक गारे में खड़ी, लहँगा ज़रा-ज़रा सा उड़से हुए फावड़े से गारे को नर्म करती रहतीं। माँ चाक पर बैठी बर्तन ढालती रहती। चार-पाँच दिन की मेहनत के नतीजे में जब इतने बर्तन बन जाते कि भट्टी सुलगा कर पकाए जा सकें तो उपलों को बुनियाद बना कर पोले-पोले हाथों से कच्चे-कच्चे बर्तनों को इस अन्दाज़ से सजाया जाता कि उनके बीच साँस की जगह बाक़ी रहे ताकि आग की गर्मी की लहरें बीच से गुज़र कर तमाम बर्तनों तक पहुँच सकें।

ठाकुर के छोटे बेटे ओमकार को कुम्हार की बड़ी बेटी के बर्तन बहुत पसंद थे मगर वह ओमकार को हाथ लगाना तो एक ओर नज़र भर कर देखने भी नहीं देती थी, पल्लू से छिपाए रखती थी। ओमकार अक्सर गढ़ी की चारदीवारी के दरवाज़े में मोंढा डालकर बैठ जाता और दस क़दम दूर गारे में उभरते-डूबते कुम्हार की लौंडियों के पैरों को ताकता रहता। साँवले पाँव और उजले तलवे गारे में डूबते और उभरते। इसी गति से ओमकार का दिल भी डूबता-उभरता। वह बैठा देखता रहता कि लड़कियाँ उसकी ओर से मुँह फेरकर गारे को अपने पैरों से दबा-दबा कर नर्म कर रही हैं। वह वहीं बैठा -बैठा गारे की तरह नर्म होता जाता और अपने अन्दर विभिन्न शक्लों के बर्तनों को ढलता हुआ महसूस करता रहता।

एक दिन उसने देखा कि बड़की ने गारे की छींटों से बचने के लिए अपने लहँगे को थोड़ा सा ऊँचा करके नेफ़े में उड़स लिया है। वह पिंडलियों से ज़रा ऊपर तक खुल गई थी। ओमकार उसका बदन पीछे से देख रहा था। मैले-मैले उलझे बालों के

नीचे चमकती हुई साँवली गर्दन, गर्दन के नीचे दुबली पतली सुडौल कमान की तरह खिंची हुई कमर, पीठ के नीचे गारे को थपकी देते पैरों की धमक से हिलते हुए कूल्हे, पैवन्द लगा लँहगा और घुटनों के पीछे पिंडली का सबसे ऊपर का हिस्सा जो मोटी-मोटी खिँची हुई रगों के बीच एक उभार की तरह स्पष्ट था और जिस में ओमकार खड़े होकर अपनी शक्ल देख सकता था। कंधे से अपने बाल संवार सकता था।

ओमकार को मालूम था कि उसकी शादी पड़ोस के गाँव में तय हो चुकी है। लड़का भी ज़ात का कुम्हार है और इण्टर की परीक्षा दे रहा है। ओमकार किसी भी क़ीमत पर बड़की को शादी से पहले एक रात के लिए हासिल करना चाहता था। प्रताप ने उसे इशारों-इशारों में मना भी किया था कि उसमें पिताजी की मर्यादा का सवाल है लेकिन ओमकार पर गारे की थपकी का जादू चढ़ चुका था। आज उसने पहली बार बड़की की टाँगों को इतना खुला हुआ देखा था। उसने मोटर साईकिल उठाई और क़स्बे में जाकर राकेश को पूरी बात बताई। ठाकुर ऊदल सिंह आज शहर गए हुए थे। दोनों ने शाम तक बैठकर हवेली में शराब पी और रात गए मोटर साईकिल पर एक और हममशरब[1] रमेश को बिठाकर वापरा आए। मोटर साईकिल एक ईख के खेत में छिपा दी। जाड़ा बहुत तेज़ था और कुहरा भी था। जगह-जगह गाँव का धुँआ कोहरे में मिलकर गाढ़ा हो कर हवा में अधर कुछ-कुछ ठोस हो गया था। गाँव सो चुका था। लेकिन गाँव के सोने का मतलब ख़ामोशी नहीं होता। छप्पर तले बँधी भैंसें एक दूसरे से बदन रगड़ती रहती हैं। खड़ी हुई गायें सोते-सोते आँख खोलकर डकारने लगती हैं और बेख़्वाब कुत्ते एक दूसरे पर गुर्रा-गुर्रा कर अहानिकारक झपटें करते रहते हैं।

पहले तो यह तीनों चुपचाप गढ़ी में दाख़िल हुए। चारदीवारी के पास ही बैठा नीला जुगाली कर रहा था, देख कर खड़ा हो गया और सींग आगे करके, सिर नीचा करके पैंतरे बदलने लगा। ओमकार ने धीरे से सीटी बजाकर, पास जाकर उसे थपकी दी। दोनों को अन्दर लाया। प्रताप भी शहर गया हुआ था। उसके कमरे में ओमकार के दोस्तों ने झाँका। हल्की चाँदनी में खिड़की के क़तले एक जवान औरत के बदन पर पड़ रहे थे।

"यह कौन माल है?" रमेश ने ओमकार से पूछा।

"चुप साले....भाभी है।"

"हु हु हु हु...." राकेश और रमेश बेढंगेपन से शर्मिंदा-शर्मिंदा हँस रहे थे।

1. सहपंथी

तीनों ने ओमकार के कमरे में बैठकर मंसूबे को अंतिम रूप दिया। थोड़ी देर बाद रमेश नीले से बचता हुआ गढ़ी के दरवाज़े से बाहर निकला। कुम्हार की विधवा के झोंपड़े में कुम्हार की विधवा के चन्द गधे बंधे ख़ामोश खड़े थे। झोंपड़े के पास आकर रमेश ने आवाज़ दी।

माई ओ माई...!!

"को है?" अन्दर से आवाज़ आई और चाँदी के हलके ज़ेवर बजने लगे। लड़कियाँ भी उठ गईं थीं। तीनों ने एक साथ आकर बाँस का टट्टर हटाया।

"मैं लखना हूँ। ख़लीलपुर से आया हूँ। तुम्हारे होवे वाले जमाई पर डाकूओं ने हमला कर दओ है। तुम्हें बुलायो है।"

"हे री दैया" कहकर तीनों रोने लगीं। बड़ी बेटी ने एहतियात की कि आवाज़ ज़ोर से न निकले।

लाख़न ने सुझाव दिया कि माँ और छोटी बेटी चली चलें। बड़ी की सगाई हो चुकी है। उसका उस गाँव में विशेष तौर से उस घर में जाना ठीक न होगा। बड़ी बेटी को अकेले झोंपड़े में छोड़ना भी ठीक नहीं होगा! लाखन ने मशवरा दिया कि गढ़ी में बड़ी बहू के पास छोड़ दिया जाए।

बड़ी बहू ने अन्दर का दरवाज़ा खोलकर पहले तो घटना पर शोक प्रकट किया फिर बड़की को अपने कमरे में बुलाकर ज़मीन पर बिछौना देकर लेटने को कहा।

कुम्हार की बेवा और छोटी बेटी लखन के साथ गाँव की हद से निकल गए।

सियासतदाँ[1] बाप के बेटे का मंसूबा बड़ा चुस्त दुरुस्त था। लखन ने गाँव से बाहर जाकर उन दोनों माँ-बेटी को घूँसे मार-मार कर बेक़ाबू कर दिया और ठंडी रात तले आमों के एक उजाड़ बाग में जिसकी निशानदही ओमकार ने कर दी थी, टयूबवैल के कमरे में रस्सी से बाँधकर मुँह में कपड़ा ठूँसकर डाल दिया। चलते-चलते उसके दिल में दया आई और उसने बहुत सा प्याल उठाकर दोनों पर डाल दिया।

लखना अब दोबारा रमेश बन चुका था। उसने गढ़ी के दरवाज़े के पास आकर आवाज़ें दीं। ओमकार अपने कमरे से ज़ोर से चिल्लाता हुआ निकला।

"आता हूँ, कौन ?"

नीले की बेहतरीन कार्यकुशलता की वजह से पहरे के नौकर अपनी मढ़िया में प्याल ओढ़े सो रहे थे।

भाभी ने घबरा कर खिड़की पर आकर पूछा "कौन है ओमकार ?"

"देखता हूँ भाभी।" दरवाज़े पर आकर उसने धीमी आवाज़ में रमेश की पूरी

1. राजनीतिज्ञ

कारकर्दगी का अहवाल सुना और भाभी के कमरे की खिड़की के पास आकर बोला।

"बराबर के गाँव से एक आदमी आया है वहाँ पिताजी के दोस्त यादव मासाब पर किसी ने हमला कर दिया है। मुझे बुलाया है।"

"जाओ, बन्दूक़ ले जाना।"

तीनों गाँव से बाहर आकर कुछ देर तक एक दूसरे से सरगोशियाँ करते रहे। बोतल खोलकर एक-एक गिलास शराब पी और आख़िरी मरहले[1] की ओर बढ़े। उनका रुख गढ़ी की ओर था।

सदर दरवाज़े के बजाए टूटी हुई दीवार से दाख़िल हुए। ओमकार छिपा रहा, दोनों ने आगे बढ़कर आवाज़ दी।

"ओमकार ओ ओमकार भाई " भाभी घबराई आँखें मलती हुई साड़ी बराबर करती हुई उठी। खिड़की पर आकर पूछा! कौन हो?"

यादव मासाब पर हमला हुआ है। ओमकार भाई को बुलाया है।

अभी-अभी तो ओमकार वहीं गए हैं गाँव से निकले ही होंगे।

अच्छा तो हम चलते हैं। आपके घर में टार्च होगी....बैट्री? हमारी टार्च रास्ते में गिर पड़ी। दगड़े पर बहुत पानी है। मोटर साईकिल फंस जाएगी।"

"हूँ अभी लाती हूँ....!"

अन्दर बड़की जो सब सुन रही थी, भाभी से लिपट गई।

मोहे डर लग रओऐ।

"डरो मत कभी-कभी अचानक चारों ओर से मुसीबत आ जाती है।"

भाभी ने बड़की को दिलासा दिया। उसने दरवाज़ा खोल कर हाथ बढ़ाकर टार्च देनी चाही। रमेश ने भाभी के हाथ के बजाए कंधे को पकड़कर झटके से खींचा और इससे पहले कि वह चीख़ सके मुँह पर दूसरा हाथ रखकर अन्दर दाख़िल हो कर पलंग पर गिरा कर बेक़ाबू कर लिया। भाभी पलंग पर टाँगें मारती रहीं। बड़की मुँह फाड़े इस दृश्य को देख रही थी कि राकेश ने आगे बढ़कर उसके मुँह पर हाथ रख दिया और अरहर के जवान पौधों के गट्ठे की तरह बाँध कर डाल दिया। भाभी मज़बूत बदन वाली नई उम्र की औरत थी। अभी पिछले साल ही शादी हुई थी। उसे क़ाबू करने में अधिक समय लगा क्योंकि एक हाथ से मुँह दबाए रखना भी ज़रूरी था। इस बीच ओमकार अंधेरे में खड़े नीले को थपकियाँ देता रहा रमेश ने भाभी को बाँधकर मुँह में कपड़ा ठूँस दिया। रमेश की साँस भी उखड़ गई थी। कुछ तो ताक़त आज़माने की वजह से और कुछ भाभी के गर्म बदन को देर तक जकड़े रहने की

1. अंतिम चरण

वजह से। राकेश ने बड़की को कन्धे पर अनाज की बोरी की तरह डाला और कमरे से बाहर निकल आया। भाभी आँखें फाड़े सारा दृश्य देखती रही।

लालटेन बुझ गई थी। चाँदनी जालीदार खिड़की से छन-छन का आ रही थी। भाभी ने देखा कि उसे बेक़ाबू करने वाला अभी तक खड़ा उसे ग़ौर से देख रहा है और होले-होले हाँफ रहा है। वह घटने वाली घटना से बेचैन होकर बंधे-बंधे तड़पने लगी। उसकी साड़ी घुटनों से ऊपर सरक आई थी और धुंधली चाँदनी में उसकी पिंडलियाँ दीवाली की मोटी-मोटी मोमबत्तियों की तरह चमक रही थीं। हाँफने की वजह से सीना तेज़ी से ऊपर नीचे हो रहा था। रमेश ने खड़े-खड़े कुछ सोचा। खिड़की से झाँककर राकेश सर्गोशी में बाहर से चिल्लाया।

''अबे जल्दी कर, क्या कर रहा है....?''

''आ रहा हूँ बे!'' यह कहकर उसने याद किया कि दो-तीन घंटे पहले ही उसने बंधी हुई औरत को ''माल'' कहा था.... वह उसपर झुका और उसे झुटपटाता देखता रहा। खिड़की से हवा का एक झोंका आया जिसने नशे को कुछ हल्का किया।

वह वापसी के लिए मुड़ा। फिर कुछ सोचकर पलटा और यह सोचकर कि यह औरत उसकी बदमाशियों के यार ओमकार की भाभी है, उसने हाथ बढ़ाकर साड़ी पैरों तक सरका दी और नशे के आलम में भी इस बात का पूरा ख़्याल रखा कि साड़ी सरकाते समय उसका हाथ घुटनों से पैरों तक लगातार औरत के बदन से रगड़ता हुआ नीचे तक आ सके। इसी अन्दाज़ से उसने ऊपर का पल्लू भी सीने पर बराबर किया। दरवाज़े से निकल कर वह मुस्कुराया कि पूरा माल न सही कुछ अठन्नियाँ-चवन्नियाँ तो बीन ही लीं।

रात बहुत अंधेरी थी। बाहर निकलकर तीनों कुम्हार के घर तक आए और ओमकार बड़की को लेकर उसके झोंपड़े में घुस गया और दोनों बाहर अंधेरे में छुप कर पहरा देते रहे। रमेश धीमी-धीमी आवाज़ में राकेश को अपनी ताज़ा उपलब्धियों का वाक़िआ सुनाता रहा जिसे सुनकर राकेश 'धत-धत' करता रहा। लेकिन जैसे ही रमेश ख़ामोश होता, राकेश उसका चेहरा देखने लगता... ''फिर क्या हुआ?''

ओमकार ने ज़मीन पर पड़े प्याल पर बड़की को डाल दिया और उसकी आँखों पर पट्टी बाँध दी और अपने सिर से मुड़ासा खोल लिया। अन्दर अन्धेरा फैला हुआ था। उसने माचिस जलाकर लौंडिया का बदन ध्यान से देखा। उसे कुछ मायूसी हुई। दूर से यह जितनी जानदार नज़र आती थी उतनी तगड़ी नहीं थी। उसने माचिस दोबारा जलाई और उसके साँवले पैरों और उजले तलवों को देखा। पाँव साँवले थे और तलवे उजले थे लेकिन एड़ियों में मिट्टी और पानी के लगातार इस्तेमाल से दरारें सी पड़ गई थीं।

उसने हाथ बढाकर अन्धेरे में रानें टटोलीं। वह इतनी सख़्त नहीं थीं जितनी वह समझ रहा था। बड़की रानों पर हाथ लगने की वजह से भड़कने लगी। आँखों पर पट्टी और मुँह में कपड़ा होने की वजह से चेहरे का स्वरूप अजीब सा हो गया था लेकिन इतना भी नहीं कि ओमकार का जोश ठंडा पड़ जाए.... वह बदन पर हाथ पड़ते ही मछली की तरह तड़पती थी।

ओमकार ने मुआयने के अंतिम चरण के तौर पर लौंडिया की गर्दन की जड़ से नीचे की तरफ़ हाथ फेर कर देखा। सीने के उभार मामूली थे। उसके हाथ पेड़ू के ऊपर चिमटानुमा पसलियों के ढाँचे पर आकर रुक गए। वह एक-एक पसली को उंगली से छू-छू कर महसूस करता रहा और लौंडिया के दुबलेपन पर अफ़सोस करता रहा। बड़की का बदन गर्म था और साँसें तेज़ थीं इसलिए ओमकार बिल्कुल बेज़ार नहीं हो पाया। लेकिन इतनी मेहनत, मन्सूबों और जान-जोखिम के बाद मिलने वाले इनाम को उसने अपने हक़ से कुछ नहीं बल्कि बहुत कम महसूस किया। वह बड़की से इसका बदला लेने लगा और बहुत देर तक अपने हिसाब नित-नए तरीक़ों से उसे बरतता रहा।

छप्पर का टट्टर लगाकर वह तीनों खेतों तक आए जहाँ ईख में मोटरसाईकिल छिपाकर रखी थी। रमेश को विदा किया और अन्दाज़ा करने लगा कि अपने गाँव से मास्साब के गाँव जाने और वहाँ से आने में अधिक से अधिक कितनी देर लग सकती है, उतना ही समय गुज़ार कर वह गढ़ी पहुँचना चाहता था जहाँ भाभी बंधी हुई उसका इन्तज़ार कर रही होगी।

गढ़ी में आकर भाभी के कमरे में पहुँचकर भाभी को उस हालत में देखकर उसने वह सारी हरकतें कीं जो ऐसे मौक़े पर उसे करनी चाहिए थीं।

भाभी मुँह का कपड़ा निकलते ही रोने लगी। जब उसने पूरी बात बताकर भी रोना जारी रखा तो ओमकार को शक हुआ कि रमेश ने भाभी के साथ कोई बदतमीज़ी तो नहीं की है। भाभी की गर्दन के नीचे उसे नील का निशान नज़र आया। उसका सारा नाश उतर गया फिर उसने कुरेद-कुरेद कर डाकूओं की हरकतों के बारे में पूछा। भाभी उसे बड़ी मुश्किल से विश्वास दिला पाई कि उसकी इज़्ज़त पर आँच नहीं आ पाई।

ओमकार ने भाभी को बताया कि यह सब मंसूबाबन्द साज़िश थी। यादव मास्साब पर कोई हमला नहीं हुआ था। उनके गाँव पहुँचने से पहले ही वह आदमी रास्ते में किसी काम का बहाना करके दूसरे रास्ते पर हो लिया था। मैं भी उनके गाँव तक नहीं गया था, गाँव के बाहर मास्साब की ख़ैरियत मिल गई थी। मैं समझ गया कि कोई और चक्कर है, वहीं से भागा-भागा आ रहा हूँ।

ओमकार ने महसूस किया कि वह अगर चाहे तो जासूसी उपन्यास लिख सकता है लेकिन भाभी ने उसकी ओर देखते हुए कहा....

''वह लोग बड़की को भी उठा ले गए। सामने वाली लड़की को।''

''आख़िर वो कौन लोग थे और उन्होंने ऐसी हिम्मत क्यों की? घर में चोरी भी नहीं हुई.... कुछ समझ में नहीं आता।'' ओमकार ने सिर पर हाथ रखकर भाभी के सामने नौटंकी की।

सुबह सबसे पहले कुम्हार की विधवा और छोटी बेटी गाँव में दाख़िल हुईं जिन्हें रघुवीर बाग़वाले ने टयूबवैल के कमरे से आज़ाद किया था उन दोनों ने आकर बड़की को झोंपड़े में पाकर ऊपर वाले का शुक्र अदा किया।

भाभी ने तीनों को बुलाकर पूछा ''यह सब क्या चक्कर था?'' तीनों आँखें फाड़े भाभी को देखती रहीं!

नौ बजे तक पुलिस रिपोर्ट कर दी गई। रिपोर्ट ओमकार ने की थी कि बड़की के होनेवाले पति के कुछ दोस्तों ने यह हरकत की है ताकि उसका पति शादी से पहले ही उसका इस्तेमाल कर सके। वाक़िआत[1] के ताने-बाने कुछ इस प्रकार बिठाए गए कि केस ख़ासा जानदार लगने लगा। कम से कम चौकी के दीवान का तो यही मानना था। ओमकार ने मोटरसाईकिल की चोरी की रिपोर्ट भी लिखाई। मोटरसाईकिल राकेश और रमेश की सहायता से फिर एक गन्ने के खेत में छिपाई गई जो तीसरे दिन सवेरे बरामद हो गई। बड़की का मैडिकल हुआ जिसमें तरह-तरह से कष्ट देने के बाद बलात्कार साबित हुआ। कुम्हार की छोटी बेटी का भी मैडिकल हुआ लेकिन उसकी रिपोर्ट ठीक आई जिसपर गाँव वालों ने डाक्टरों की मिलीभगत का इल्ज़ाम लगाया।

बड़की का होनेवाला पति कॉलेज से आते समय गिरिफ़्तार हुआ। हवालात से ही उसने ऐलान कर दिया कि उसकी सगाई अब टूटी समझी जाए। वह मैडिकल रिपोर्ट के बारे में सुन चुका था। अलबत्ता वह छोटी लड़की से शादी कर सकता है। उसने अपने माँ-बाप को यही कहकर ढारस दी। उसके माँ-बाप ने उसका सन्देश कुम्हार की बेवा तक पहुँचा दिया।

कुम्हार की विधवा के छप्पर के अन्दर बड़की बैठी कुछ सोच रही थी। बराबर में उसकी बहन छुटकी इन्टर पास दूल्हा के ख़्याल में मगन, सामने खड़े गधों को देख रही थी। माँ कच्चे बर्तनों को ध्यान से उठा- उठा कर एक दूसरे पर जमा रही थी। सामने गढ़ी के दरवाज़े से गढ़ी का सहन नज़र आ रहा था जहाँ नीला खड़ा हुआ अपने कानों की नोकों को हवा की दिशा में टयून कर रहा था। बड़की अचानक सोचते-सोचते हँसने लगी। उसकी बहन ने अचंभे से देखा।

1. घटनायें

"क्यों हँसी बड़की?"

"बस ऐसे ही..."

"बताना..."

"मैं सोच रही थी मेरी सुहाग रात अपने ही घर में हो गई..."

बड़की यह कहकर फिर हँसी। छुटकी यह सुनकर ख़ामोश हो गई। सामने जीप आकर रुकी और नम्बरदार ऊदल सिंह उतरे। तीर की तरह सीधे अन्दर गए। कमरे के बाहर खड़े होकर खिड़की के रास्ते बहू से तसल्ली के कुछ वाक्य कहे। ओमकार को बुलाकर हालात का बराहे-रास्त[1] जानकारी प्राप्त की और पहरे के नौकरों को बुलाकर जूते लगवाए। जूते खाकर उन्होंने इक़रार किया कि वह उस रात इसलिए सो रहे थे कि जब से नीला बड़ा हुआ है वह गढ़ी में चोर तो चोर पड़ोसियों तक को नहीं आने देता। इसीलिए उन्हें कोई डर नहीं था कि नीले के होते हुए कोई ऐसी हिम्मत कर सकेगा।

शहर से क़स्बे और क़स्बे से देहात तक आने में ऊदल सिंह ने केवल यह चिंतन किया था कि इलाक़े में किस की इतनी मजाल हुई कि उनकी गढ़ी में दाख़िल होकर उनकी बहू को बाँधकर पनाह लेनेवाली लड़की को उठा सकता है। इस बात पर उन्होंने ग़ौर ही नहीं किया था कि नीले के होते हुए यह वाक़िआ पेश आया है। यह एहसास होते ही उन्होंने ख़ुद को अन्दर से बहुत कमज़ोर महसूस किया। क्या नीला चौकीदारी के काम में निकम्मा हो गया ? उन्होंने बाहर आकर नीले के पास खड़े होकर उसे ध्यानपूर्वक देखा। वह उनका हाथ चाटने लगा। आज ऊदल सिंह को उस पर प्यार नहीं आया। उसकी ज़बान के काँटे उनके हाथ में चुभे। उन्होंने उसका मुँह पकड़कर एक तरफ़ कर दिया और अन्दर आकर दालान में ख़ामोश लेट गए....।

इसका मतलब है अब कोई भी गढ़ी या हवेली में दाख़िल होकर कुछ भी कर सकता है, इसका मतलब मैं अब फिर गढ़ी और हवेली की हिफ़ाज़त में फँस जाऊँगा, इसका मतलब इस नीले को पालना बेकार गया....?

ओमकार बाप को ख़ामोश देखकर बाप के पास आ गया और मोंढ़े पर बैठ गया। "यह काम कुम्हार के जमाई का नहीं हो सकता" उन्होंने फ़ैसलाकुन अन्दाज़ में कहा।

ओमकार समझा बाप सवाल कर रहा है। उसने समझाते हुए कहा।

"पिताजी! हो न हो, उसके किसी नातेदार का काम है। वहाँ इतनी रात को कुम्हार के घर आकर कोई दूसरी जगह का आदमी ऐसी हिम्मत नहीं कर सकता!"

1. प्रत्यक्ष

"तुम ने रिपोर्ट क्यों लिखाई ? मेरे आने की राह तो देखते ?"

ओमकार चुप रहा।

"रिपोर्ट से बदनामी भी तो हुई।"

"बदनामी तो नहीं... भाभी को किसी ने कुछ मतलब गुण्डों ने कुछ नहीं किया।"

हालाँकि वह उनकी गर्दन के नीचे एक मोटा सा नील का निशान देख चुका था।

"बहू की बात नहीं गधे। असल बात यह है कि लोग अब गढ़ी में घुसने से डरेंगे नहीं....मैं होता तो न रिपोर्ट होती न बड़की का रिश्ता टूटता...."

"फिर गुण्डों का पता कैसे चलता?"

"अब चल गया क्या? उन्होंने गुर्राकर पूछा। थोड़ी देर बाद ओमकार उठ गया। ऊदल सिंह बैचेनी से करवटें बदलते रहे। अच्छी ख़ासी ठंड पड़ रही थी। बहू ने रज़ाई लाकर पाँयती रख दी थी मगर उन्होंने ओढ़ी नहीं।

बाहर आकर देखा तो नीला ज़मीन पर बैठा भूसे का एक छोटा सा ढेर लग रहा था। उन्हें नीले से अचानक बेज़ारी सी महसूस हुई।

गढ़ी के दरवाज़े में बड़की दाख़िल हुई और सीधी बहू के पास चली गई।

थोड़ी देर बाद बहू घूँघट काढ़कर बड़की का हाथ पकड़कर उनके पास आई।

"यह कहती है कि जिस आदमी ने उसकी माँ को झूठे हादसे की ख़बर दी थी वही आदमी गढ़ी में भी आया था। यह उसको आवाज़ से पहचानती है और जब वह मुझे बाँध रहा था तो इसने उसकी सूरत भी देखी थी।"

"क्या उसी ने इसकी इज़्ज़त लूटी?"

"नहीं वह कोई और था...." बहू ने धीरे से जवाब दिया।

"उसका क़द-काठी?"

बड़की ने नज़र नीची करके उस आदमी का हुलिया बताया और बताया कि उसके माथे पर घाव के दो निशान थे। बहू ने भी सर हिलाकर इसकी तसदीक़ की।

"तू ने उस आदमी को भी देखा जिसने तेरे साथ छेड़ख़ानी की थी....?" ऊदल सिंह ने गाँव की लड़की से ज़रा नर्म शब्द इस्तेमाल किए।

"नहीं बाबूजी। मेरी आँखों पर पट्टी थी।" वह आहिस्ता-आहिस्ता सुबकने लगी। बहू उसे लेकर अपने कोठे में चली गई।

ठाकुर ऊदल सिंह किसी गहरी सोच में पड़ गए। उन्हें रह-रह कर नीले के निकम्मेपन पर ताव आ रहा था।

शाम को सूरज डूबने के बाद वह क़स्बे की तरफ़ चले गए। हवेली में भी उन्हें ठीक से नींद नहीं आई। सुबह होते ही उन्होंने थानेदार साहब को नाश्ते पर बुलाया। उसे आने में देर हुई तो उनसे सब्र नहीं हो सका। इमली के पेड़ के नीचे एक मेज़ और तीन कुर्सियाँ पड़ी थीं। थानेदार ने उठकर उनका स्वागत किया और फिर उन रजिस्ट्रों को ग़ौर से पढ़ने लगा जिनमें पढ़ने के लिए कोई नई चीज़ नहीं थी क्योंकि सारे इन्द्राजात उसने अपने हाथ से किए थे। थोड़ी देर व्यस्त रहने के बाद उसने बड़ी लगावट से पूछा।

"नम्बरदार जी! क्या पियोगे चाय या कॉफ़ी?"

"अमाँ छोड़िए चाय कॉफ़ी, आप नाश्ते पर नहीं आए।" थानेदार ने इलाक़े के चोरों, डाकुओं और ग़ुण्डों को माँ की एक ही गाली में बाँधते हुए अन्हें बताया कि पुलिस को कुछ काग़ज़ी काम भी करना पड़ता है।

उन्होंने राज़दारी के अन्दाज़ में थानेदार को बताया कि जो ग़ुण्डे गढ़ी में दाख़िल हुए थे उनमें से एक के माथे पर ज़ख़्मों के दो निशानात थे। वह कुल मिलाकर तीन थे लेकिन गढ़ी में केवल दो आए थे हालाँकि असली काम तीसरे ने किया था।

थानेदार ने कुछ पुराने रजिस्टर निकाले। बड़े मुंशी जी को बुलाकर कानाफूसियाँ कीं। एक दो सिपाहियों को हमराज़ बनाया।

"आप शाम को तकलीफ़ करो तो मैं ऐसे तीन-चार लोगों को हाज़िर कर सकता हूँ।"

शाम को जब वह दोबारा थाने में आए तो उस समय बिजली चली गई थी। बड़ी-बड़ी दो लालटेनें जल रही थीं और उन लालटेंनों की रोशनी में तीन लौंडे डंडे खा रहे थे। थानेदार ने उन्हें बताया कि "यह गुलफ़ाम कुंजड़े का बड़ा भाई है जुमेराती। यह रामचन्द्र तेली का दामाद है लल्लू और यह है कल्लू पहलवान का लौंडा विनोद....अब आप पहचानिये।"

नम्बरदार ऊदल सिंह शशोपंज[1] में पड़ गए थे। थाने के फाटक पर लौंडों के अज़ीज़, रिश्तेदार आकर जमा हो गए थे। उनमें कुछ लोग क़स्बे के मुक़ामी वकीलों को लेकर आए थे। थानेदार साहब ने वकील हज़रात को कुर्सियाँ पेश कीं।

इतने में हवेली से नौकर ने आकर ऊदल सिंह से कहा कि उन्हें तुरन्त हवेली में बुलाया गया है।

वह फ़ौरन जीप में बैठकर हवेली पहुँचे। वहाँ भी बिजली नहीं थी। बड़े फाटक में दाख़िल होकर जैसे ही सहन में आए एक आदमी ने अन्धेरे से निकल कर उनके पैर पकड़ लिए। वह उसकी शक्ल नहीं देख सके।

1. सोच-विचार

"कौन है.....? अबे कौन है....? क्या बात है क्या मैया मर गई...?

"ऐसे ही समझो बाबूजी.... सुबह से पुलिस दो बार दबिश दे चुकी है।"

वह उनका पैर पकड़े दालान तक आया जहाँ लालटेन जल रही थी। ऊदल सिंह भी डेढ टांग से चलते हुए आए और लालटेन की रोशनी में देखा कि जो आदमी उनके पैर पकड़े हुए था उसके माथे पर घाव के दो स्पष्ट निशान थे।

थोड़ी देर बाद वह थाने में पहुँचे और उन्होंने गुलफ़ाम के बड़े भाई जुमेराती की निशानदही की क्योंकि वह अमरूदों वाली घटना के बाद ऊदल सिंह के पूरे ख़ानदान का दुश्मन हो गया था। बाक़ी दोनों को छोड़ दिया गया। जुमेराती के वकील मुहम्मद उमर ने जुमेराती को कोने में ले जाकर समझाया "जुर्म क़बूल कर ले ताकि हवालात की मार से बच सको। ज़मानत हो जाएगी।" पूरा मुआमला दो हज़ार में तय हुआ।

ठाकुर ऊदल सिंह क़स्बे में नहीं रुके। उनके चेहरे पर सुर्ख़ी झलक आई थी जैसे कई गिलास भर के ताड़ी पी ली हो। वह दगड़े पर तेज़ी से जीप चलाते हुए गाँव पहुँचे। रात हो चुकी थी। गढ़ी का दरवाज़ा नौकरों ने खोला। सामने से नौकर हटे तो उनके पीछे नीला खड़ा था। ऊदल सिंह नौकरों को गाली देते हुए नीले से लिपट गए।वह उनकी गर्दन को अपनी काँटों वाली ज़बान से चाटता रहा जो उस समय ऊदल सिंह को पंखड़ी की तरह नर्म लग रही थी।

ओमकार को जगाया। उसे कोठे में बुलाया। जब ओमकार आधे घण्टे के बाद बाहर निकला तो पहरे के नौकरों ने उसे क़रीब से देखा। उसके गाल पर उंगलियों के पाँच स्पष्ट निशान थे। मगर वह चेहरे से प्रसन्न और संतुष्ट लग रहा था बल्कि एक नौकर ने उसे आहिस्ता-आहिस्ता हँसते हुए भी सुना। ओमकार के सीने पर एक हल्का सा बोझ था जो गाल के एक चाँटे में उतर गया था।

सुबह उठकर ऊदल सिंह ने आध सेर खोवे के फीके पेड़े बना-बना कर नीले के मुँह में डाले और आधा सेर सरसों का शुद्ध तेल पिलाया। पेड़े खाकर और तेल पीकर वह उछलने लगा और फिर चला तो ऐसे चला कि आमतौर पर नीले इस तरह नहीं चलता।

गाँव की प्राईमरी पाठाला के बूढ़े हेडमास्टर ने जो बाक़ी तीन मास्टरों का काम भी खुद देखते थे; इस बात पर हैरत की कि नीला खोया खाता है और सरसों का तेल पीता है।

"इस प्रकार की खान से जंगल का जानवर अन्दर से बिगड़ जाता है।"

ठाकुर ऊदल सिंह ने उनकी बात अनसुनी करके जीप स्टार्ट की और डीज़ल का धुँआ हेडमास्टर के चेहरे पर देर तक नाचता रहा।

6

नीला और अधिक तगड़ा हो गया था। पूरा धड़ स्याह हो चुका था और सींग मोटे हो गए थे। अब वह आज़ादी के साथ बिना किसी सहायता के गाँव से क़स्बे और क़स्बे से गाँव की तरफ़ आप ही आप चला जाता था। रास्ते में फ़सूल के अन्दर से होकर आने में उसे ख़ास लुत्फ़ मिलता था। फ़सूल बड़ी हो तो ज़्यादा नुक़सान नहीं होता था लेकिन अगर छोटे-छोटे पौधे होते तो नीले के खुरो की पूरी पगडंडी बन जाती और उस हिस्से की फ़सूल बुरी तरह मारी जाती।

किसानों ने एकाध बार दबी ज़बान से शिकायत की। ऊदल सिंह उनकी सांत्वना के लिए कह देते कि मैं उसे समझा दूँगा। जिस समय वह कहते उन्हें एहसास नहीं होता कि वह एक जानवर के बारे में ऐसा कह रहे हैं। मज़े की बात तो यह थी कि जो लोग यह सुनते उन्हें भी एहसास नहीं होता कि यह बात एक जानवर के बारे में कही जा रही है।

दीवाली उन्होंने अपने ख़ानदान के साथ शहर में मनाई। दीवाली के दूसरे दिन रात को वे सब अपनी कोठी में बैठे थे। हल्का-हल्का जाड़ा था। रात बिल्कुल अंधेरी थी। आसमान पर छोटे-छोटे मद्धिम तारे चमक रहे थे। कोठी के गेट पर कुछ आहट हुई। नौकर ने पास जाकर देखा और पूछा।

"कौन....? कौन है?"

बाहर से ऐसी आवाज़ आई जैसे कोई तेज़-तेज़ साँसें ले रहा हो। नौकर डर गया। भाग कर अन्दर आया हाँफते हुए बोला।

"बाहर कोई है.... आवाज़ का जवाब नहीं दे रहा है...."

सबके चेहरों पर हलका-हलका भय फैल गया। ऊदल सिंह अपने दोनों बेटों, बन्दूकों और टार्चों के साथ गेट पर आए। बन्दूक़ कन्धे पर रखकर गेट खुलवाया। अन्धेरे में कोई तेज़-तेज़ साँसें ले रहा था। टार्च जलाई। घने अन्धेरे में टार्च की मरियल रोशनी का दायरा उस पर पड़ा जिसका रंग स्याह था और जिसके सींग मोटे थे।

"अरे...." सब को बेहद हैरत हुई।

ठाकुर ऊदल सिंह किसी सोच में पड़ गए। नीले को शहर का रास्ता तो बताया ही नहीं गया था। यह अपने आप कैसे आ गया ? फिर भी उन्हें दिल ही दिल में बहुत ख़ुशी महसूस हुई जैसे नीले का यह कारनामा उनकी निजी मेहनत का नतीजा हो।

"इसका इस तरह आना ठीक नहीं है। शहर में नुक़सान करेगा तो मुश्किल हो जाएगी।" प्रताप बोला।

"कोई बात नहीं इसे समझा देंगे।" ऊदल सिंह ख़ुशी से बोले।

ओमकार ने भी नीले की पीठ थपथपाई।

रात भर नीला लॉन के फूलों को खूँदता रहा और मनीप्लांट की बेलों को खाता रहा।

सुबह सबसे पहले माली ने यह नक़्शा देखा और ज़ोर-ज़ोर से नीले को गालियाँ देने लगा। ऊदल सिंह आँखें मलते बाहर आए और फूलों और बेलों का हश्र और माली को गुस्से में देखकर हँसने लगे। ओमकार भी उनके पीछे खड़ा हँस रहा था। बड़की की घटना के बाद वह बाप की ज़्यादा चमचागिरी करने लगा था। बड़ी मुश्किल से नीला क़स्बे लाया गया और फिर क़स्बे से देहात पहुँचाया गया।

हेड-मास्साब ने जब यह वाक़िआ सुना तो उन्होंने बताया "जब प्रकृति के विपरीत खानपान होता है तो भेजे की आकृति बिगड़ जाती है और कुछ ऐसी शक्तियाँ पैदा हो जाती हैं जो जानवर में पैदाइशी तौर पर नहीं होतीं।"

मालूम नहीं यह बात कहाँ तक सही थी लेकिन इतना ज़रूर था कि नीले से अब मवेशी भी डरने लगे थे। सानी खाते बैल उसे देखकर रस्सियाँ तुड़ाने लगते और थान पर बँधे घोड़े उसे पास आता देखकर बजाए इसके कि अगला पैर उठाकर हमला करें, पिछले पैर उठा-उठा कर कूदने लगते थे। गढ़ी के सामने बंधे कुम्हार के गधे तो उसे देखते ही एक दूसरे के पेट के नीचे घुसने लगते थे। वह उन सब से लापरवाह ऐंडता बरड़ता अपने रास्ते चलता रहता। अपने रास्ते चलने, का मतलब यह कि पड़ोस के घरों में घुसकर बर्तन-भाँडे तोड़ता, पाठशाला में जाकर हेड-मास्साब की कुर्सी उलट देता और नन्हें-नन्हें बच्चों को सींगों से रेलता धकेलता रहता। वह अब तक आठ बच्चों को घायल कर चुका था। ठाकुर ने उन बच्चों के माता-पिता को भरी पंचायत में समझाया कि यही आठ बच्चे नीले को पत्थर मार-मार कर परेशान करते हैं। वर्ना डेढ़ सौ बच्चों में सिर्फ़ उन्हीं आठ बच्चों को क्यों पसन्द करता? बाक़ी बच्चों के माता-पिता ने अपने-अपने नेक बच्चों का ख़्याल करके इत्मीनान का साँस लिया और उन आठ बच्चों के माता-पिता को देर तक समझाते रहे कि बेज़बान पशु को

छेड़ना कितनी बुरी बात है।

नीले ने एक दिन सुबह ही सुबह हरा चारा खाकर सरसों का तेल पिया। ठाकुर ने आज उसे मूंगफली के दाने भी दो मुट्ठी भर के खिलाए। नीला उछलता हुआ गढ़ी के दरवाज़े के बाहर गया। थोड़ी देर में शोर उठा कि नीले ने खेतों में नराई करती भीकू की जवान बहू की आँतें एक ही टक्कर में बाहर निकाल दी हैं। ठाकुर जीप में भीकू की बहू को डालकर तुरन्त शहर के हस्पताल पहुँचे। ऑपरेशन करा के दो हफ़्ते बाद जब गाँव लाए तो गाँववालों ने तीसरे दिन पंचायत का न्यौता दिया।

ऊदल सिंह भी पंचायत में मौजूद थे। पिछले दो दिनों से वह गाँव के एकमात्र मन्दिर के पुजारी के पास बैठे रहे थे।

पंचायत में पंचों के पास ठाकुर भी कुर्सी पर जमे बैठे रहे लेकिन उन्होंने सिर झुका रखा था। भीकू के लौंडे ने बड़ी तेज़ आवाज़ में नीले की शिकायत की थी और पंचों से कहा था कि उसे जंगल में छोड़ने का तुरन्त प्रबन्ध किया जाए।

ऊदल सिंह कुछ दिनों से महसूस कर रहे थे कि कुछ बिरादरियाँ उन से विशेष तौर पर बहुत जलने लगी हैं। भीकू की बिरादरी भी उनमें से ही थी। लेकिन उस समय वह चुप रहे। मन्दिर के पुजारी भी आकर खड़े हो गए थे। उन्हें देखकर पंचों ने और कई लोगों ने खड़े होकर दंडवत की और पुजारी जी को बरगद के घेरे में पड़े बड़े मोंढे पर बिठाया।

सरपंच अधिकारी लाल को ऊदल सिंह ने ही सरपंच बनवाया था। वह इस समय बड़े असमंजस में था। फ़ैसला करने से पहले उसने पंचों से कुछ मशविरा किया। फिर थोड़ी शर्मिंदगी और खिसियाहट के साथ उसने ऊदल सिंह को संबोधित करते हुए कहा।

"नम्बरदार आप तो जानते ही हैं हम सब आपके जानवर से कितना प्यार करते हैं। पर अब इसका कुछ प्रबंध करना आप भी ज़रूरी समझते होंगे क्योंकि पिछले महीने उसने स्कूल के आठ बच्चे घायल किये और भीकू की बहू का पेट फाड़ दिया। आप इसके बारे में क्या विचार रखते हैं?"

वह अगहन का आकाश था और अगहन का आकाश नीला होता है। वह ऐसा मौसम था कि जाड़ा तेज़ होना शुरू हो गया था। वह सब बड़े बरगद के नीचे बैठे थे क्योंकि इतनी बड़ी पंचायत के लिए घर छोटा पड़ता था। बरगद पर बहुत से परिन्दे बैठे थे और बहुत शोर मचा रहे थे क्योंकि परिन्दे बरगद पर बहुत शोर मचाते हैं। ठाकुर ख़ामोश थे क्योंकि उन्हें मालूम था कि कभी-कभी ख़ामोश रहना बोलने से ज़्यादा चीख़ता हुआ महसूस होता है। वह सर झुकाए बैठे थे क्योंकि इस पोज़ के भी कुछ विशेष लाभ हैं। उस समय अचानक पंचों ने बोलना बन्द कर दिया।

सारे में सन्नाटा छा गया।

जब ऊदल सिंह ने महसूस कर लिया कि अब सन्नाटा इतना गाढ़ा हो गया है कि एक धीमा सा बोल भी उसे कतर के फेंक सकता है तो उन्होंने मज़बूत और दुःखी लहजे में फ़ैसलाकुन अंदाज़ में कहा।

"मैं तो केवल पशु की सेवा करना अपना धर्म समझता था पर आप लोग अगर आदेश दो तो मैं इसे अभी-अभी गोली मार दूँ।" वह रुक कर बड़ी ज़ोर से चिल्लाए।

"रामदीन...! बंदूक उठाकर ला... एल जी के चार कारतूस भी..." पूरी पंचायत काँप उठी। पंचों के सिर अपनी-अपनी गोद में चले गए। इस से पहले कि सन्नाटा फिर छा जाए एक कड़कदार आवाज़ उभरी।

"क्या बकता है मूर्ख! गऊ वध का श्राप गाँव पर डालेगा?"

यह पुजारी की आवाज़ थी जो मोंढे से खड़े होकर गुस्से से काँप रहे थे। उन्होंने ने स्मृतियों से साबित किया कि नीला भी वास्तव में गऊ-माता के परिवार का पशु है। उसकी टाँगें, उसके खुर, उसके सींग सब वैसे ही होते हैं जैसे गाय के। उन्होंने बताया कि अगर गऊ-वध हुआ तो गाँव में पहले तो हैज़े की महामारी आएगी जो ख़ास तौर से गोद के बच्चों को चुन-चुन कर ले जाएगी। (माताओं ने नन्हें-नन्हें बच्चों को सीने से लिपटा लिया) फिर तेज़ मूसलाधार वर्षा होगी और खेतों के पौधे जड़ समेत निकल कर इस सैलाब में बह जाँएगे (मर्दों ने उचक-उचक कर अपने खेतों की ओर देखा) फिर रात को बैताल आएँगे और गऊ-वध कराने वालों के गले में दाँत गाड़कर सारा खून पी जाएँगे। (पूरी पंचायत ने अपनी गर्दन पर हाथ फेर कर हाथों को देखा। खून का निशान न देखकर इत्मीनान का साँस लिया)....अब बोलो कौन कराएगा गऊवध। ऊदल सिंह आख़िर तू सारे गाँव पर यह आफ़त क्यों डालना चाहता है बोल...!"

नम्बरदार ऊदल सिंह ने हाथ जोड़कर विनती की। "महाराज! मैं पंचों के आदेश का सेवक हूँ। मैं गाँव भर की बात से अलग नहीं जा सकता।"

महाराज जो अब तक भीड़ को पढ़ चुके थे, चीख़कर बोले "गाँव में कौन है जो नीले को मारने की बात कर रहा है?"

सन्नाटा छा गया।

"मारने की बात नहीं महाराज जी...हम कहते हैं कि इसे जंगल में छोड़ दिया जाए..." भीकू का लौंडा खड़ा होकर किनमिनाया।

"जंगल में छोड़ दिया जाए ? यहाँ जंगल कहाँ हैं। मैदान ही मैदान हैं। अगर किसी मुसल्ले ने पले-पलाए नीले को गोली मार दी तो वध की ज़िम्मेदारी गाँव पर से हट जाएगी क्या? बोलो...जवाब दो?"

ठाकुर ऊदल सिंह सिर झुकाए हिसाब लगाते रहे कि पुजारी जी न केवल यह कि मशवरे के मुताबिक़ विचार दोहरा रहे हैं बल्कि लगभग उन्हीं शब्दों में जिनकी रिहर्सल पिछली दो रातों से हो रही थी।

"मैदान में कितने जंगली नीले भागते रहते हैं, कभी इस खेत में कभी उस खेत में। कभी उसका गेहूँ चखा कभी उसकी अरहर पर मुँह मारा...उनमें से किसी को तुमने मारा? जवाब दो ?"

"ललकार तो देते हैं....भगा तो देते हैं...." भीकू का लौंडा आसानी से हार नहीं मान रहा था हालाँकि ज़ोर टूट रहा था।

"तो उसे भी ललकार दिया करो। यह तो मनुष्यों में पला है। ललकार फ़ौरन समझ लेगा।"

नीला गढ़ी के दरवाज़े से मुँह निकाले पंचायत का दृश्य देख रहा था। पुजारी ने उसे एक नज़र देखकर रामलीला वाले अंदाज़ में कहा।

"बेज़बान पशु ने दूर से मनुष्यों को देखा और अपने बारे में उनकी ज़बान से वध की बात सुनकर ईश्वर से कहा कि हे भगवान मैं कहाँ आ फँसा हूँ ? हे भगवान मैं कहाँ आ फँसा हूँ।"

पूरी पंचायत ने खड़े होकर गढ़ी के दरवाज़े से सिर निकाले नीले को अपनी आँखों से देखा और इस बात का पूरा विश्वास किया कि नीले ने अभी-अभी आकाश की ओर देख कर ईश्वर से यही बात कही है। सब के मन भारी हो गए और सिर लटक कर सीने पर आ गए।

ऊदल सिंह ने मन ही मन में पुजारी को दाद दी कि यह अंतिम टुकड़ा मशवरे के मुताबिक़ न होने के बावजूद असरदार था।

पंचों ने थोड़ी देर बाद अपना फ़ैसला सुनाया।

"सभी लोगों से विनती है कि नील गाय को कुछ न कुछ खिलाते रहना चाहिए। जब भी वह उनके पास से गुज़रे तो उसे कुछ खाने को दे दें। अगर वह सींग सामने करके आए तो उसे ललकार कर एक ओर हट जाएँ....गऊ-वध के बारे में कोई बात ध्यान में न लाएँ इससे श्राप लगता है।"

पंचायत जब छटी तो सब ही लोग ऊदल सिंह के आभारी थे जिन्होंने आज नीले को गोली न मार कर सारे गाँव को विभिन्न आफ़तों से बचा लिया था। ठाकुर सिर झुकाए सब का धन्यवाद विनम्रता के अंदाज़ में कबूल करते रहे। भीकू का लौंडा जब पंचायत से उठा तो उसका दिल मुत्मइन नहीं था मगर वह बेबस था। उसे लगा जैसे अन्दर ही अन्दर कोई नम[1] लकीर दिमाग़ से आँखों तक खिंच गई है। वह

1. भीगी

आहिस्ता-आहिस्ता उठकर अपने घर की ओर चला जहाँ उसकी बीवी पेट पर पट्टियाँ बांधे चारपाई पर पड़ी कराह रही थी। उसने सिर उठाकर गर्दन मोड़कर उसे देखना चाहा तो पेट के टांकों में बिजली सी दौड़ गई। उसका सिर धम से चारपाई पर आ रहा और वह होले-होले सिसक-सिसक कर काँपने लगी मगर उस हालत में भी उसने महसूस किया कि उसके पति की चाल से ऐसा लग रहा है जैसे पंचायत से वापसी पर ख़लीफ़ा हज्जाम ने उसके पति को किसी छप्पर तले गिरा कर बधिया कर दिया हो।

7

नीले की क़स्बे वाली वारदात ज़्यादा गंभीर थी....

इस वारदात का संबंध भी देहात से ही था बल्कि शायद जंगल से था या मुमकिन है दोनों से हो। एक दिन जब सूरज कुछ ऊपर चढ़ आया था और हवा में गर्मी आ चुकी थी तो नीले ने गढ़ी से निकल कर खेतों का रुख़ किया। खेत वीरान पड़े थे। गेहूँ काटकर दाँय चलाकर या थ्रेसर की मदद से बोरों में बंद होकर खलियानों में आ चुका था। खेतों के पास पहुँचकर नीले ने ज़मीन पर मुँह मारा। गेहुँ के सूखे पौधे जो इधर-उधर पड़े रह गए थे, बहुत बेमज़ा महसूस हुए। उसने बेज़ारी के साथ सामने मैदान की ओर देखा। सामने उसके हमजिंस[1] खड़े थे। उसने उन्हें पहली बार नहीं देखा था। एक बार दो मौसम पहले वह दो तीन घंटों के लिए उनमें रह भी आया था लेकिन उनकी वहशत का साथ नहीं दे पाया था। दाढ़ी वाले स्याह नीले ने उसे देखकर सींग आगे कर के पैंतरा भी बदला था। मगर वह उससे महफ़ूज़ फ़ासले पर खड़ा रहा था। भूरी मादाओं ने उसे पहले हैरत, फिर ख़ुशी, फिर शौक़ की नज़रों से देखा था। उसने भी उन में कशिश[2] महसूस की थी। अचानक पीछे से खेत वालों ने चिल्ला-चिल्ला कर रौंदना शुरू कर दिया था। दाढ़ी वाला स्याह नीला ज़मीन पर उछला था और मादाओं के पीछे दौड़ने लगा था जो उससे भी पहले कान हिला-हिला कर दुम घुमा-घुमा कर ख़तरे का ऐलान करके भाग चुकी थीं। नीला अनायास उनके पीछे भागा था।

वह पूरी ताक़त से दौड़ रहा था मगर उनका साथ नहीं दे पा रहा था। उसे इतना दौड़ने की आदत भी नहीं थी। दरअसल उसे दौड़ने की आदत ही नहीं रह गई थी। दौड़ने की आदत ख़त्म हो जाए तो बदन की चर्बी जलती नहीं, गाँठ बनकर रग-पट्ठों में समा जाती है और भागना तो एक तरफ़ चलने में भी रुकावट पैदा करती है। इतनी बारीकियाँ वह शायद नहीं समझ पाया था लेकिन इतना वह यक़ीनन समझ

1. सहजाति 2. आकर्षण

गया था कि उन भूरी, दुबली और चुलबुली मादाओं और स्याह दाढ़ी वाले के साथ-साथ दौड़ना उसके बस की बात नहीं। वह एक खेत में अचानक रुक गया, दौड़ते हुए लौंडे उसके पास जाकर उसे पहचान कर अपने साथ गढ़ी में ले आए जहाँ ऊदल सिंह उसका बैचेनी से इंतज़ार कर रहे थे। ऊदल सिंह ने उसे गुड़ खिलाया और सरसों का तेल पिलाया तब गाँठों का दर्द कम हुआ। उस दिन के बाद उसने कई बार अपने जैसों को देखा लेकिन कभी यह इच्छा नहीं हुई कि उनके पीछे भागे। अलबत्ता दिल चाहता था कि दो-तीन भूरी मादाएँ उसके साथ भी गढ़ी और हवेली में होतीं तो कितना अच्छा होता।

आज वह एक टक उनकी ओर देखता चला जा रहा था। दाढ़ी वाला काला और मादाएँ उसकी ओर मुँह कर के साकित[1] खड़े थे। वह गढ़ी और देहात से बहुत दूर खेतों को पार करके मैदानों में आ गया था। वह आहिस्ता-आहिस्ता ग़ैर-इरादी[2] तौर पर उनकी ओर बढ़ने लगा। वह उनसे तीन चार खेत दूर था कि अचानक रुक गया। उन सहजातियों के पीछे कोई आदमी हाथ में एक लम्बी चीज़ उठाए चुपके-चुपके टयूबवैल की गोल में छुपता-छुपता आहिस्ता-आहिस्ता आगे बढ़ रहा था।

नीला चुपचाप खड़ा हो गया। वह आदमियों के बीच में पला था, उसे आदमियों से कोई डर महसूस नहीं होता था। मादाएँ एक-एक क़दम करके उसकी तरफ़ बढ़ रही थीं। काला दाढ़ी वाला सबसे पीछे रह गया था। अचानक वह आदमी सीधा खड़ा हुआ, लम्बी सी चीज़ काले दाढ़ी वाले की तरफ़ करके ज़ोरदार धमाका किया। काला दाढ़ीवाला, भूरी मादाएँ और ख़ुद वह सब के सब ज़मीन से एक-एक हाथ ऊपर उछले। काला दाढ़ी वाला वहीं गिर पड़ा और अगली टांगों से उठने का प्रयास किया कि एक और धमाका हुआ और वह ज़मीन पर गर्दन डालकर डकारने लगा। भूरी मादाएँ कनौतियाँ बदल कर दुम घुमाती हुई तेज़ी से भागीं और दूर तक दौड़ती चली गईं, खो गईं।

उसने देखा कि काली दाढ़ी वाले के बदन से लाल-लाल खून निकलकर ज़मीन में जज़्ब हो रहा है। वह यह दृश्य देखकर घबरा गया। वहीं अनायास ज़मीन पर पैर मारने लगा। दो-चार आदमी उस पहले वाले आदमी के पास भागते हुए आए और जीप लाकर दाढ़ीवाले को उस में डालकर धूल उड़ाते चले गए। जिस समय वह उसे जीप में डाल रहे थे तो उसकी थूथनी और पिछली टाँगें ज़मीन से टकरा-टकरा कर घिसट रही थीं और वह आहिस्ता-आहिस्ता डकरा-डकरा कर ठंडा हो रहा था। उस

1. निश्चल 2. न चाहते हुए भी

की बेबसी का यह दृश्य देखकर नीला घबरा कर पीछे मुँह करके जो भागा तो गढ़ी में आकर रुका और फिर ठाकुर ऊदल सिंह की चारपाई के पास खड़े होकर खुद को दोबारा महफ़ूज़ ख़्याल करके ऐंडने लगा।

दूसरे दिन ऊदल सिंह ने ओमकार को बताया कि लिप्टन कम्पनी वाले गोरे ने कल मैदान में एक नीला मारा जिसपर देहात के लोगों ने बहुत ले दे की। बड़ी मुश्किल से पुलिस को दे-दिलाकर मामला टाला गया। उस दिन के बाद से उसने कभी जंगल में मादाओं के पास जाने की इच्छा तक नहीं की। किसी-किसी समय वह खोई हुई इच्छा उस के सिर से शुरू होकर रीढ की हड्डी से होती हुई उसकी टांगों के बीच पहुँचती तो उसे काले दाढ़ी वाले की घिसटती हुई टाँगें और ख़ून में लिथड़ी हुई थूथनी याद आ जाती वह संसनाहट टांगों के बीच से रीढ की हड्डी से गुज़रती हुई वापिस सिर में चली जाती।

ठाकुर ऊदल सिंह क़स्बे की वारदात वाले दिन महमूद साहब की बेटी की शादी के न्योते में गए हुए थे। नीला भी उनके साथ हो लिया था। महमूद साहब की हवेली के पास मैदान में बड़ा सा रंगीन शामियाना लगा था और चारों ओर मोटरें और तांगे खड़े थे। शायद पूरे क़स्बे की दावत थी। नम्बरदार जीप पर थे और आहिस्ता-आहिस्ता चला रहे थे क्योंकि नीला भी उनके साथ-साथ दुलकी में चल रहा था। शामियाने के बाहर महमूद साहब ने उन्हें हाथों हाथ लिया। नम्बरदार ने हाथ जोड़कर मुबारकबाद दी।

थोड़ी देर बाद बड़े क़ाज़ी साहब ने निकाह कबूल कराके ख़ुतबा पढ़ा। दूल्हा ने उठकर सहरे से मुँह निकालकर सब को सलाम किया। मुबारकबादियों का सिलसिला शुरू हुआ। ठाकुर साहब ने मुर्ग़ का सालन और दूसरों की नज़र बचाकर बड़े के कबाब खाए। उन्हें बारातियों के साथ ही बिठा दिया गया था हालाँकि वह मना करते रहे कि मैं तो लड़की वाला हूँ। रुख़सत होते वक़्त उन्होंने बटुए से 501 रुपये निकाल कर महमूद साहब को ज़ोर से मुख़ातिब करके पेश किए और हाथ जोड़ दिए। महमूद साहब ने "इसकी क्या ज़रूरत थी" कह कर लिफ़ाफा शेरवानी की जेब में रखा। एक नौजवान बाराती सेहरा पढ़ रहा था। ठाकुर साहब ने देखा कि महमूद साहब का लड़का शामियाने के बाहर खड़े नीले को गुड़ खिला रहा था। वह इस आतिथ्य से प्रसन्न हुए। वापसी की इजाज़त लेकर विदा हुए। नीला उनके पीछे-पीछे चला। बारात के बहुत-से लोग भी नीले को देखने की चाह में शामियाने से बाहर आ गए थे। ठाकुर साहब गर्व के साथ जीप में बैठे। नीला दुलकी चलने लगा।

रास्ते में एक मोड़ काट कर उन्होंने पीछे मुड़कर देखा, नीला रुक गया था और

कांजी हाउस के पास तवेले में एक गाय को हरी होता देख रहा था। अचानक वह अपनी जगह से उछला और तेज़ी से भागता हुआ जीप से भी आगे निकल गया और रास्ते में मिलने वाले हर ख़्वान्चे को खदेड़ता, हर आदमी को रेलता, हर दुकान को सींगों से धकेलता हवेली की तरफ़ भागा। रास्ते में उसने अड्डे की मस्जिद से निकलते हुए बूढ़े मुल्लाजी पर कारी वार किया। वह जाकर सामने की पक्की दुकान के चबूतरे से टकराए और सिर की चोट खाकर वहीं तड़प-तड़प कर ठंडे होने लगे। ठाकुर तेज़ी से हवेली में आए और जीप खड़ी करके दोबारा वापस आए जहाँ सैकड़ों आदमियों का हुजूम इकट्ठा हो चुका था।

क्योंकि उस दिन महमूद साहब की लड़की की शादी थी और महमूद साहब ठाकुर ऊदल सिंह के पुराने विरोधी थे क्योंकि नीले के शिकार होने वाले मुल्लाजी थे और क्योंकि क़स्बे में बहुत दिन से कुछ हुआ भी नहीं था इसलिए मामला इतनी जल्दी धार्मिक रंग में रंगा कि ऊदल सिंह नम्बरदार को किसी तैयारी का समय ही नहीं मिला।

महमूद साहब के बाराती भी बाज़ार में आ गए थे। उनके सामने महमूद साहब ने सुबकी[1] महसूस की कि क़स्बे में उनके होते हुए ऊदल सिंह का नीला एक मुसलमान वह भी मस्जिद के मोअज़्ज़िन[2] को यूँ मार जाए। थोड़ी देर बाद नारे लगना शुरू हो गए.... ''जान का बदला जान से, खून का बदला खून से''.... इत्यादि। अब उधर भी भीड़ की तैयारी शुरू हुई। ओमकार ने राकेश और रमेश को सातों मुहल्लों में दौड़ाया। भीड़ चीरता हुआ, डंडा हिलाता हुआ थाने का इंचार्ज वर्दी पहने आया और मुल्लाजी को जीप में लदवा कर शहर के हस्पताल भेज दिया गया। भीड़ जज़्बात में बेक़ाबू हो रही थी। थानेदार ने मशवरा दिया कि थाने चले चलिए, आपके लिए और मेरे लिए वही अधिक सुरक्षित जगह है।

ठाकुर ऊदल सिंह जब थाने तक सुरक्षित आ गए और थानेदार के दाँए ओर वाली कुर्सी पर महमूद साहब के सामने बैठ गए तो उनके ज़हन की बैट्री ने दोबारा काम करना शुरू किया। महमूद साहब का आग्रह था कि फ़ौरन दफ़ा 302 लिखी जाए। ठाकुर ख़ामोश बैठे कुछ सोचते रहे। कभी-कभी मुँह उठाकर थाने के फाटक के बाहर खड़ी भीड़ को भी देख लेते। आहिस्ता-आहिस्ता उनके आदमी भी भीड़ का हिस्सा बनते जा रहे थे। फिर उन्होंने प्रताप और ओमकार को देखा जो अपने हमउम्र लौंडों के साथ एक अलग कोने में खड़े थे फिर उन्होंने थाना इंचार्ज को देखा जो अभी-अभी तबदील होकर आया था और वायरलेस पर एस. पी. से कह रहा था

1. अपमान 2. अज़ान देने वाला

कि पुलिस हेड क्वाटर्स से कुछ कुमक भेज दी जाए। हालात बेक़ाबू हो सकते हैं। फिर उन्होंने महमूद साहब को देखा जिनकी जेब में उनके 501 अभी भी पड़े होंगे। फिर उन्होंने सोचा कि रामदीन इतनी देर में नीले को देहात की गढ़ी में जाकर छोड़ आया होगा। फिर उन्होंने ऊँचे स्वर में महमूद साहब से कहा "महमूद मियाँ – मेरे दोनों लड़के भी यहीं हैं। आप भी अपने साहबज़ादे को बुला लीजिए ताकि आपकी यह शिकायत न रहे कि मेरे बेटों को तो मेरे साथ थाने में आने दिया गया और आपको महरूम[1] रखा गया!"

महमूद साहब इस दयालुता का मतलब नहीं समझे लेकिन उन्होंने जल्दी-जल्दी आवाज़ें देकर बेटे को थाने में भेजने के लिए कुछ लोगों को हिदायतें दीं। उनका बड़ा बेटा भी भीड़ में ही मौजूद था, आकर उनके पास खामोश खड़ा हो गया।

ठाकुर साहब ने इंचार्ज के कान के पास जाकर सरगोशी[2] की। इंचार्ज का मुँह हैरत से खुला का खुला रह गया। ठाकुर साहब ने उसके मुँह को देखकर इत्मीनान की साँस ली। अब उनके चेहरे पर उनका पुराना विश्वास लौट आया था क्योंकि थाना इंचार्ज का मुँह अभी भी इतना खुला हुआ था कि अन्दर से पान में रंगी दाढ़ें साफ़ नज़र आ रही थीं।

"महमूद मियाँ!" ठाकुर साहब नर्मी से बोले।

"आज आप की बेटी की शादी है। मैं नहीं चाहता था कि आपकी तक़रीब[3] में कोई बदमज़गी हो!"

महमूद मियाँ और उनका बेटा दोनों इस जुमले का मतलब नहीं समझे। ठाकुर ने उनकी इस नासमझी का आनन्द लिया और एक-एक लफ़्ज़ चबाकर बोले।

"आज आपने शादी में बुलाकर मुझ से अपना सियासी बदला लेने के लिए मुझे बदनाम करने के लिए मेरे नीले को धतूरा खिलाया। सैंकड़ों आदमी इस बात के गवाह हैं। क्यों मियाँ तुमने नीले को कुछ खिलाया था कि नहीं....?"

महमूद साहब का बेटा हैरान रह गया।

"मैंने तो गुड़ खिलाया था!"

"कौन विश्वास करेगा कि आप मेरे जानवर से इतनी मुहब्बत कर सकते हैं। आप तो इस वक़्त मेरी इ़ज़्ज़त के दुशमन हो रहे हैं।"

बाज़ी पलटती देखकर महमूद मियाँ का रंग फ़क़ हो गया लेकिन उन्होंने पढ़े लिखों वाला एक पेंतरा चला।

"नीले का मेडिकल चैक-अप करवा कर देखेंगा"

1. वंचित 2. कानाफुसी 3. समारोह

ठाकुर साहब उनका हाथ पकड़ कर एक कोने में ले गए। भीड़ खामोश खड़ी देखती रही। इंचार्ज वायरलेस पर मुल्लाजी की ख़ैरियत मालूम करता रहा।

ठाकुर साहब ने महमूद साहब से बड़े राज़दाराना लहजे में कहा।

"नीला गढ़ी पहुँच चुका है और अब तक उसे बराए–नाम[1] ही सही लेकिन इतना धतूरा खिलाया जा चुका होगा कि मेडिकल रिपोर्ट में आ जाए। कोई इस बात का यक़ीन नहीं करेगा कि मैं ने उसे धतूरा खिलाया है क्योंकि क़स्बे की आधी आबादी और आपकी पूरी बारात ने अपनी आँखों से देखा है कि आपके साहबज़ादे ने उसे गुड़ में मिला-मिला कर खूब धतूरा खिलाया है। अब आप जैसा बेहतर समझें। मैं तो बहरहाल आपका शुभचिन्तक हूँ। मैं नहीं चाहूँगा कि जिस बहन की आज विदाई हो रही है उसके भाई को हवालात में बिठाकर सवालात किये जाँए।"

महमूद मियाँ की समझ काम नहीं कर रही थी। आज बहुत अच्छा मौक़ा हाथ से निकला जा रहा था। बेटे को क्या ज़रूरत पड़ी थी कि इस कमबख़्त नीले को गुड़ खिलाए और वह भी सब के सामने खिलाए!!

ठाकुर साहब कुर्सी की पुश्त से पूरी पीठ लगाए इत्मीनान के साथ तने बैठे थे। इस तरह बैठ कर जो बात कही जाए उसमें बड़ा वज़न पैदा हो जाता है।

इंचार्ज साहब ने मौक़े को जल्दी-जल्दी पढ़ा और महमूद साहब से कहा।

"302 की रिपोर्ट तब तक नहीं लिखी जा सकती जब तक मौत न हो जाए 307 की रिपोर्ट लिखी जा सकती है लेकिन कौन लिखवाएगा? मैं अपनी तरफ़ से केस को तभी दर्ज करूँगा जब मुझे यह मालूम हो जाएगा कि मारने वाला कौन था और उसकी वल्दियत क्या थी। ठाकुर साहब तो कहते हैं कि उस नीले से उनका इतना ही संबंध है कि वह उनकी गढ़ी, हवेली में आ जाता है तो वह उसे खाना दे देते हैं। वह उसे अपना पालतू मानने को तैयार नहीं है।"

"यह सच भी है" ठाकुर ऊदल सिंह मज़बूत लहजे में बोले "न तो उसकी गर्दन में मेरा पट्टा है न उसे पालने का कोई नम्बरी लायसेंस मेरे पास है!!"

"तो उसे गोली से उड़ा दीजिए।" महमूद साहब का बेटा जोश में चिल्लाया।

"ज़रूर उड़ा दीजिए लेकिन क़स्बे की आधी आबादी आप की दुश्मन हो जाएगी कि यह गऊ हत्या होगी। मेरी तरफ़ से कोई इनकार नहीं है लेकिन आपको अपना समझ कर कह रहा हूँ।" ठाकुर साहब अब माहिर शहसवार की तरह दुलकी चल रहे थे।

अब इंचार्ज ने अपनी बारी संभाली।

1. थोड़ा 2. घुड़सवार

''अहम बात यह है कि मुल्लाजी की असल चोट सिर की चोट है जो दुकान के चबूतरे से टकराने की वजह से लगी। पीठ पर तो नीले का मामूली धक्का लगा था।''

''क्या वह जान बूझकर दुकान के चबूतरे से टकराए थे?'' महमूद साहब का लड़का बोला।

''नहीं'' इंचार्ज धीरे से बोला।

''लेकिन फ़ौजदारी अदालत में इस क़िस्म की बारीकियाँ बहुत अहम रोल अदा करती हैं। फिर नीले पर मुक़दमा कैसे चलाया जा सकता है जबकि ठाकुर साहब उसे अपना पालतू मानने पर राज़ी ही नहीं हैं।''

''वाह! गढ़ी और हवेली की हिफ़ाज़त करे तो पालतू और कहीं ग़लत हरकत कर जाए तो ग़ैर।'' महमूद साहब का लड़का बहुत ग़ुस्से में था।

ठाकुर साहब मुस्कराते रहे। इस बीच अपने बेटों और और उनके साथियों की सहायता से वह भीड़ में यह शोशा छोड़ चुके थे कि नीले को धतूरा खिलाकर वक़्ती तौर पर पागल करने वाला कोई और नहीं उनके क़रीबी मुख़ालिफ़ महमूद साहब का बेटा है जो अपने जुर्म का इक़रार थाना इंचार्ज के सामने कर चुका है। भीड़ के तेवर भी बदलते जा रहे थे। जोशोख़रोश कम होना शुरू हो गया था।

''फिर एक अहम बात और...।''

इंचार्ज ने क़ानून की किताब का एक सबक़[1] याद करके बताया। ''कि ठाकुर साहब आपके हवाले नीले को कर भी दें तो आप उसको नहीं मार सकते। एक तो अवामी राय आपके ख़िलाफ़ होगी क्योंकि यह गऊ परिवार का माना जाता है लेकिन मैं इस सिलसिले में कुछ कहना नहीं चाहता क्योंकि मैं तो सरकारी मुलाज़िम हूँ केवल क़ानून की बात समझ सकता हूँ और समझा सकता हूँ। हाँ तो मैं कह रहा था कि आप उसे यूँ भी नहीं मार सकते कि क़ानून मुजरिया 1972 के मुताबिक़ उसे मारना जुर्म क़ाबिले दस्त अंदाज़िए पुलिस है और उसकी सज़ा...'' वह चुप हो गया। इस से ज़्यादा बोलना ज़रूरी भी नहीं था कि अब महमूद साहब राज़दारी के लहजे में ठाकुर साहब से मशवरा कर रहे थे कि अगर मुल्लाजी बच जाँए तो ठाकुर साहब को क्या सेवा करनी चाहिए और खुदा-न-ख़्वास्ता काम आ जाँए तो उनकी बेवा को क्या देना चाहिए।

इंचार्ज ने फाटक पर जाकर पहले तो सब को यह बताया कि ऐसे समय पर बदले और इन्तक़ाम से ज़्यादा इस बात की पावाह करनी चाहिए कि घायल को जल्द से जल्द हस्पताल ले जाया जाए। आप में से किसी ने यह काम किया? उनको

1. पाठ

हस्पताल तक ले जाना तो बड़ी बात, उठाकर पानी ही पिला दिया होता....'' भीड़ को साँप सूँघ गया।

''धार्मिक रंग देने से पहले अच्छी तरह सोच लेना चाहिए कि इसका अंजाम दंगा भी हो सकता है जिसमें दसियों बेगुनाह मारे जा सकते हैं।'' भीड़ को दूसरा साँप सूँघ गया।

फिर उसने देसी गालियों और विदेशी क्रिमिनल कोड की मदद से भीड़ को बताया कि भीड़ का हर आदमी क्रिमिनल कोड की कम से कम तीन दफ़ात की ज़द में है। जब वह सारे साँप सुँघवा चुका तो अपनी कुर्सी पर यूँ अकड़ कर बैठा जैसे थाना इंचार्ज को बैठना चाहिए।

जब वायरलैस पर मुल्लाजी की मौत की सूचना मिली तब उसने पोज़ में कुछ अंतर लाना आवश्यक समझा।

इस बीच भीड़ छट चुकी थी। वह रात ठाकुर साहब ने हवेली में नहीं गढ़ी में गुज़ारी।

मुल्लाजी के खानदान को ठाकुर ऊदल सिंह ने अच्छा-ख़ासा तावान दिया और महमूद साहब ने मुल्लाजी के घर वालों को मशवरा दिया कि इस रुपये को ख़ामोशी से लेकर काम में ले आओ वर्ना मुसलमानों को मालूम हो गया तो तुम्हारी इज़्ज़त ख़ाक में मिल जाएगी।

उन्होंने समझाया :

''और वैसे भी इस वारदात में ठाकुर ऊदल सिंह का क्या क़ुसूर है। दरअस्ल नीला उनका पालतू जानवर तो है नहीं। इसका मतलब वह वहशी है। वहशी इसलिए कि ठाकुर साहब ने उसके गले में अपना पट्टा तो डाला नहीं है तो अगर वह वहशी है तो वहशत कभी भी भड़क सकती है तो इसमें जानवर का क्या कसूर क्योंकि एक तरह से जानवर एक अलग चीज़ है और उसकी वहशत अलग चीज़ इसलिए कि जानवर पर वहशत हमेशा तो सवार रहती नहीं, कभी-कभी आती है। तो जो चीज़ कभी-कभी आती है उसके लिए जानवर भी मुस्तक़िल मुजरिम नहीं गरदाना[1] जा सकता तो जानवर अगर वहशत से अलग कोई चीज़ है तो उसे जानवर पहले समझना चाहिए और वहशी बाद में। तो इस सूरत में फ़ैसला उसकी जानवर वाली हैसियत से करना चाहिए न कि वहशत वाली हैसियत से। अगर वहशत वाली हैसियत से फ़ैसला करना है तो सिर्फ़ वहशत के वक़्त ही वह फ़ैसला मुनासिब जाना जाएगा न कि हर हालत में और क्योंकि वह इस वक़्त वहशत वाली हालत में है नहीं सिर्फ़ जानवर वाली हालत में है तो इस सूरत में....''

1. गिना

मुल्लाजी के ख़ानदान वाले राज़ी हो गए।

महमूद साहब ने खुद पर अन्दर ही अन्दर नाज़ किया कि वह भी अगर कोशिश करें तो ठाकुर ऊदल सिंह के अंदाज़ में ख़ासी देर तक गुफ़्तगू कर सकते हैं यानी ऐसी गुफ़्तगू जिसमें झूठ कभी भी नहीं होता यानी हर लफ़्ज़[1] सच्चा होता है! लफ़्ज़ के मानी भी सच्चे होते हैं और उन लफ़्ज़ों में जो लफ़्ज मिलाकर बोले जाते हैं वह भी सच्चे होते हैं और उन लफ़्ज़ों के और उनके अलावा जो दूसरे लफ़्ज़ इस्तेमाल होते हैं उन अल्फ़ाज़ के मानी भी सच्चे होते हैं बल्कि उन मानी में जिस ख़्याल की आमेज़िश[2] और आमेज़िश में जो एक क़िस्म की हक़ीक़त होती है और हक़ीक़त में जो असलियत....

1. शब्द 2. मिलावट

8

कुछ दिनों से शहर की मंडी का मिज़ाज बदल रहा था। उस मिज़ाज का असर क़स्बे और देहात पर पड़ना भी आवश्यक था। आहिस्ता-आहिस्ता ग़ैर-महसूस तरीक़े पर तब्दीली आ रही थी लेकिन इधर के दिनों में कुछ तब्दीलियाँ अचानक और स्पष्ट तौर से सामने आने लगी थीं।

ठाकुर ऊदल सिंह तब्दीली को बहुत जल्द क़बूल करते थे। देहात में सब से पहले R.R.21 और K.68 गेहूँ बीज के तौर पर उन्होंने ही इस्तेमाल किया था। यूरिया खाद सब से पहले उन्होंने ही अपने खेतों में इस्तेमाल की। थ्रेसर और ट्रैक्टर तो ज़िले में सब से पहले उन्हीं के यहाँ आया था। किस चीज़ पर कितनी छूट मिलती है उन्हें मुँह-ज़बानी याद रहता था। किस शहर में क्या-क्या नई चीज़ें इस्तेमाल हो रही हैं उन्हें सबसे पहले मालूम हो जाता था। वह तरक़्क़ी करने और पैसा कमाने के हर हुनर जानते थे बस पैसे का सही इस्तेमाल एक ऐसा अध्याय था जिसमें वह ज़्यादा दिलचस्पी नहीं लेते थे। वह सत्ता और पैसे को एक दूसरे का समर्थक और मददगार समझते थे। उनका ईमान था कि इनमें कोई भी चीज़ एक दूसरे के बिना नहीं हासिल की जा सकती। सत्ता क्योंकि छूकर महसूस की जाने वाली चीज़ नहीं (और इस बात का उन्हें बहुत अफ़सोस था) इसलिए वह इसके बदले यानी पैसे को बहुत हिफ़ाज़त से जमा करते थे और इसीलिए मनोवैज्ञानिक तौर से वह नीले की ज़रूरत के मोहताज थे। यह सही है कि इसकी वजह से बदनामी भी बहुत हुई लेकिन वह सारी बदनामियाँ पैसे से धोई जा सकती थीं और धोई जाती रही थीं।

पैसे की हिफ़ाज़त में नीले का बड़ा हिस्सा था। कभी-कभी तो वह बहुत ध्यानपूर्वक यह बात सोचते कि उन जैसे धनवान और सत्ताधारी के पास इस प्रकार का एक हथियार है तो इसमें कोई बुराई नहीं कि कुछ फ़ितने इसीलिए पाले जाते हैं कि वह बुरे समय में साथ दें या अच्छे समय को और बेहतर बनाएँ।

माल और सत्ता की इस भागम-भाग आँख-मिचोली में वह कुछ मामूली चीज़ें

नज़रअन्दाज़ भी कर गए थे जैसे अपनी घरेलू ज़िन्दगी, निजी सुकून और ज़मीर वग़ैरह।

जब से मंडी के मिज़ाज में अचानक तब्दीलियाँ आई थीं वह दिन रात अपनी देहाती आराज़ी[1] की अर्थव्यवस्था और क़स्बे की कारोबारी ज़िन्दगी को शहर की नई तब्दीलियों के अनुकूल बनाने में लगे रहते थे। उन्हें इतना इत्मीनान हर हाल में रहता था कि अगर उनकी आँखें बंद हो जाँए तो उनके वारिस मौजूद हैं जो उनकी सत्ता और माल दोनों को बहुत सहजता के साथ खुद तक स्थानान्तरित कर लेंगे। जहाँ तक अपनी ज़िन्दगी का मामला है वह मुतमइन थे कि जब से नीला पाला है उनकी गढ़ी और हवेली के इलाक़े में दहशत फैल गई है और कोई उनकी दौलत और सत्ता की ओर आँख उठाकर भी नहीं देख सकता।

ठाकुर ऊदल सिंह शहर की मंडी की तब्दीलियों से अपनी अर्थव्यवस्था को हमआहंग करने और क़स्बे की सियासत में ख़ुद को सुदृढ करने और देहात की औराज़ी से ज़्यादा से ज़्यादा फ़ायदा उठाने की कोशिश में मुस्तक़िल लगे रहते। उनके बेटे भी उनके मददगार थे। हालाँकि यह और बात है कि उनका मिज़ाज और आदतें ठाकुर के मिज़ाज और आदतों से कुछ भिन्न थीं। खुद दोनों बेटों का गिज़ाज एक दूसरे से बहुत भिन्न था। बड़ा प्रताप अपनी पत्नी के साथ मग्न, देहात के लोगों मे अधिक व्यस्त रहता है। उसे अंदाज़ा था कि उनके ख़ानदान की साख की असली बुनियाद देहात की आराज़ी है।

छोटा ओमकार देहात, क़स्बे और शहर तीनों में दिलचस्पी लेता था और परिणामस्वरूप किसी भी एक जगह लगकर काम नहीं कर पाता था। बाप का ज़्यादा मंज़ूरे-नज़र[2] वही था। ज़िन्दगी के दूसरे मामलात में भी उसकी दिलचस्पी अधिक थी हालाँकि पिछले साल उसकी शादी बड़े धूम-धाम से हुई थी और पत्नी भी बड़ी सुंदर और चुलबुली मिली थी लेकिन वह प्रकृति की दूसरी नेअमतों का इंकार करने वाला नहीं बनना चाहता था।

1. ज़मीन-जायदाद 2. प्रिय

9

इधर कुछ दिनों से गाँव के एक हिस्से ने महसूस किया कि उनको उनका पूरा हक़ भी नहीं मिलता। नहर का बंबा सब की साझे की मिलकियत था लेकिन उसकी अधिकतर नालियाँ ठाकुर के अपने खेतों में या उनका समर्थन करनेवालों के खेतों में खुलती थीं। पुरानी पीढ़ी बंबे की उन नालियों को बम्बे के निर्माण का एक हिस्सा समझती थी लेकिन जब से लौंडे जवान हुए थे, कहने लगे थे कि बम्बे में नई नालियाँ भी बनाई जा सकती हैं और यह कि कुछ पुरानी नालियों को बंद भी किया जा सकता है कि उनकी वजह से कभी-कभी पानी बहुत बर्बाद हो जाता है। वह अक्सर इस क़िस्म की शिकायत लेकर ठाकुर के पास आते तो गढ़ी के दरवाज़े पर खड़ा नीला सींग आगे करके उन्हें रोक देता। वह उल्टे क़दमों वापिस तो चले जाते लेकिन दिल ही दिल में आगे के मंसूबे बनाते हुए वापस जाते।

ज़िला परिषद से कोई योजना अगर गाँव के लिए पास होती तो इसका लाभ भी उन घरानों को ही मिलता जो ठाकुर के ज़्यादा क़रीब थे। ठाकुर ने सियासत के तौर पर अपने घर से दूर गाँव की सीमा पर बसे दो एक घरानों को भी सुविधाओं में हिस्सेदार बना रखा था ताकि ग्राम-पंचायत में कोई यह शिकायत न कर सके कि ठाकुर केवल उन घरानों को लाभ पहुँचाते हैं जिनकी दीवारें उनकी गढ़ी से मिली हुई हैं। इस का एक लाभ यह भी था कि सीमा पर बसे घराने भी उनकी हिमायत का दम भरते रहते और गाँव में एक तरह का संतुलन बना रहता। यह और बात है कि यह संतुलन अक्सर ठाकुर के हक़ में ही जाता था। गाँव की हद तक ठाकुर की कोशिश भी यही रहती कि संतुलन उनके और उनकी हिमायत करनेवालों के ही हक़ में रहे। प्रभावित व्यक्तियों का सामना ठाकुर से हो ही नहीं पाता था कि गढ़ी के दरवाज़े पर नीला उन्हें रोक देता था। अप्रकृतिक भोजन खा-खा कर नीले के स्वभाव में भी कुछ अश्चर्यजनक तब्दीलियाँ ऐसी आ गई थीं कि वह कभी-कभी खुद-बखुद गढ़ी से निकल कर इन प्रभावित व्यक्तियों के गोशे में पहुँचकर उनके घरों में घुसकर

तोड़-फोड़ मचाता और बच्चों और औरतों को खूँदता हुआ, ऐंडता हुआ वापस आ जाता। ठाकुर की शह; पुजारी के समर्थन और क़ानून के डर की वजह से कोई उसे सीधे नुकसान नहीं पहुँचा पाता था।

क़स्बे में जो ठाकुर की सियासत का मर्कज़[1] था, कमोबेश[2] यही हालत थी। अलबत्ता शहर के हुक्काम कभी- कभी ठाकुर को तंबीह[3] करदेते थे लेकिन वह भी उसी हद तक कि जिस हद तक वह ज़रूरी समझते थे ताकि दूसरे क़स्बे वाले ज़्यादा उलार न हो जाएँ।

ज़िन्दगी बहुत मनचाहे संतुलन के साथ चल रही थी। गढ़ी में प्रताप की बीवी ने बच्चों की हंडकुलिया पकवाई। मुहल्ले-पड़ोस के लोगों को भी बुलाया। कुम्हार की बेवा पिछले मौसम में अपने पति के पास जा चुकी थी। छुटकी ब्याह कर अपनी बड़ी बहन के मंगेतर के घर जा चुकी थी। बड़की अब अपने ख़ानदान में अकेली थी। बर्तन बनाने का काम अकेले उसके बस का नहीं रह गया था। मेडिकल रिपोर्ट के बाद जब अपना मंगेतर इन्कारी हो गया तो उससे और कौन शादी करता। वह राज़ी-राज़ी ज़िन्दगी गुज़ार रही थी। गधे बेचकर उसका पैसा बड़ी बहू के पास जमा करा के वह गढ़ी में ही छोटा मोटा काम करके वक़्त गुज़ार लेती थी और कभी झोंपड़े में और कभी बहू के पाँयती सो जाती थी। उसका मँगेतर यानी बहनोई मुक़द्दमे से बरी हो गया था। क्योंकि ठाकुर साहब ने पुलिस के केस दाख़िल करने से पहले निजी इस्तिग़ासा[4] दायर कर दिया था और अदम पैरवी[5] में अपना केस ख़ारिज करा लिया था। ठाकुर साहब जानते थे कि इस प्रकार के फ़ुज़ूल मुक़द्दमों को जीत कर भी कोई लाभ नहीं है।

नई बहू ज़्यादा छुआछूत नहीं मानती थी। बड़की को खूब अच्छी तरह नहा कर आने की हिदायत की थी और जब वह आई तो उसे पूरियाँ बेलने बिठा दिया। बड़की इस सम्मान पर खुश हो कर झूम-झूम कर पूरियाँ बेलने लगीं। ओमकार भी सामने आकर खड़ा हो गया। प्रताप के बच्चे वहीं रसोई में जमे बैठे हंडकुलिया पकने का इन्तज़ार कर रहे थे। ओमकार को महसूस हुआ कि बड़की उस रात के मुक़ाबले में अब कुछ तगड़ी हो गई है। वह ओमकार के इस एहसास से बेख़बर झूम-झूम कर पूरियाँ बेलती रही। ज़ाहिर है जब वह झूम-झूम कर पूरियाँ बेलेगी तो बदन झूलेगा। जब पूरा बदन झूलेगा तो वह हिस्से भी झूलेंगे जिनके बारे में ओमकार अधिक चिंतित था। भाई के बेटे को प्यार करने के बहाने झुककर उसकी कुर्ती पर नज़र जमाई और अगली पूरी बेलने का इंतज़ार करने लगा। बड़की को हल्का सा एहसास

1. केन्द्र 2. कम-ज़्यादा 3. चेतावनी 4. फरियाद 5. मुकदमा की पैरवी न करना

हुआ कि ओमकार बाबू बहुत क़रीब आ गए हैं। मगर वह चुप रही। जैसे ही वह बेलते-बेलते आगे झुकी ओमकार ने बच्चे को चूमने के बहाने अपना सिर आगे कर दिया और इस बार वह कामयाब हो गया। उसने अपनी चिंता को दो बड़े-बड़े मेदे की पेड़ों की शक्ल में साकार देख लिया था लेकिन इससे भी ज़्यादा अहम एक और बात हुई जिसका ओमकार को गुमान भी नहीं था।

जिसका बदन बरतते समय उसने आँख पर पट्टी बाँध दी थी, अगर नाक पर भी बाँधी होती तो बड़की ओमकार की साँस की महक महसूस करके आज चौकन्ना न हुई होती। उसने जीवन में केवल एक मर्द की साँस की महक सूँघी थी इसलिए अपना अपराधी पहचानने में उसे कोई दिक़्क़त नहीं हुई। अब उसे मालूम था कि उसे क्या करना चाहिए। उसने धीरे-धीरे अपने आप को और आगे झुका दिया और ओमकार का चेहरा देखे बग़ैर उसे अंदाज़ा हो गया कि इस समय ओमकार के दिल की क्या हालत होगी। इस तरह उसने ओमकार की साँसों की महक की दोबारा पुष्टि की। उसने उस रात झोंपड़ी की अज़ियतों[1] को याद किया तो उसे उबकाई सी आ गई वह तेज़ी से पूरियाँ बेलती रही। किसी के आने की आहट हुई तो ओमकार बच्चे को लिए-लिए रसोई के दूसरे कोने में जाकर बच्चों जैसी हरकतें करने लगा। आनेवाली बड़ी भाभी थी। वह पूरियाँ बेलती रही और बड़ी भाभी के चेहरे को देखती रही।

रात को उसने बड़ी भाभी के सिर में ख़ूब तबीयत से तेल लगाया, उसकी पीठ पर मालिश की, फिर उनकी टाँगों को गोद में रखकर देर तक उनकी पिंडलियाँ दबाती रही। जब भाभी का बदन दबवाते-दबवाते थक गई तो बोली।

"अब सो जा बड़की।"

बड़की आहिस्ता-आहिस्ता रोने लगी।

"क्या हुआ?" भाभी ने अचम्भे से पूछा।

बड़की ने उनके दोनों पैर हाथों में थामे और उनपर अपना सर रखकर बोली। "मेरो यौवन ओमकार बाबू ने लूटोए।"

वह ज़मीन पर और बड़ी भाभी चारपाई पर लेटी पिछले मौसमों की वह भयानक रात याद करती रहीं। ओमकार के दोस्त ने जहाँ-जहाँ नील डाले थे उनपर हाथ फेर कर बड़ी भाभी ने दाँत पीसते हुए रात काटी....।

दूसरे दिन बड़की अपनी बहन से मिलने उसके गाँव चली गई और दो-तीन दिन में वापस आकर अपने काम में लग गई। वह अन्दर से आते-जाते नीले को

1. कष्टों

कुछ न कुछ खिला देती। नीला भी उसे देखकर अगर बैठा होता तो उठकर उसके पास आकर उसका हाथ चाटने लगता था।

एक रात जब कुहरा बहुत ज़्यादा था और गाँव के धूएँ में मिलकर बहुत गाढ़ा और ठोस हो गया था और हवाएँ तेज़ थीं और जाड़ा ज़्यादा था तो गढ़ी की टूटी हुई दीवार से दो साए बग़ैर आवाज़ के अन्दर कूदे और सीधे ओमकार के कोठे में पहुँचे। ओमकार के पलंग के पास पहुँचकर उसने, जो ज़्यादा तगड़ा था, ओमकार के मुँह पर हाथ रखकर गर्दन दबाई और गठरी की तरह बाँध लिया। दूसरे ने ओमकार की पत्नी को जो चौंकी तक नहीं थी, इस अंदाज़ से बेक़ाबू किया कि उसका एक हाथ तो तकिये की सहायता से उसका मुँह दबाए हुए था और दूसरा हाथ चाकू थामे था जिसकी चमक ओमकार की पत्नी को अन्धेरे के बावजूद नज़र आ रही थीं। वह घिघियाने सी लगी मगर आवाज़ तकिये में घुट कर रह गई। फिर उसने इत्मीनान से अच्छी तरह बाँधा और मुँह में कपड़ा ठूँस दिया।

तगड़ा आदमी बड़ी गठरी को लेकर दरवाज़े से निकल गया। दूसरा आदमी छोटी गठरी को लेकर सामने कुम्हार के झोंपड़े में गया और ओमकार की पत्नी को प्याल पर डालकर, आँखों पर पट्टी बांध कर अपने चेहरे का मड़ासा खोलकर पूरा पाठ याद किया जो उसकी पूर्व मंगेतर और मौजूदा साली ने उसे घर आकर उसे पूरा माजरा बता कर याद कराया था।

बड़की इस बीच नीले को खोए के फीके-फीके पेड़े खिलाती रही और सरसों का शुद्ध तेल पिलाती रही और पहचलों से अंदाज़ा करती रही कि अब क्या हो रहा होगा।

अगली सुबह बहुत-सी ताज़ा ख़बरों के साथ उदय हुई। पहली ख़बर तो यह थी कि ओमकार घर से ग़ायब था और उसके कपड़े नहर के किनारे पाए गए थे।

दूसरी ख़बर यह थी कि ओमकार की पत्नी को कोई ज़बरदस्ती उठा कर ले जाने की कोशिश कर रहा था मगर वह जान बचाकर भाग आई। यह ख़बर तो बिल्कुल सच थी क्योंकि किसी ने उसे उठाकर ले जाने की कोशिश तो की थी, यह और बात है कि वह कामयाब भी हुआ था। ख़बर का दूसरा हिस्सा भी सच था कि वह अपनी जान बचाकर भाग आई कि बहरहाल उसकी जान तो बच ही गई थी।

तीसरी ख़बर यह थी कि जब ठाकुर ने अपने पहरे के नौकरों पर जूते पड़वाए तो इस बार उन्होंने कोई ऐतराफ़ नहीं बल्कि केवल यह वाक़िआ बयान किया कि बड़की के हाथ से रात को खाना और गुड़ खाकर वह लोग लेट गए थे और नित्य से ज़्यादा देर तक जागते रहे थे कि गुड़ में बहुत कड़वाहट थी जैसी कि पुराने गुड़ में पैदा हो जाती है और फिर बेख़बर सो गए थे जैसा कि रोज़ सोते थे क्योंकि अब

नीले की मौजूदगी में उन्हें चौकीदारी करने की ज्यादा ज़रूरत नहीं थी।

चौथी ख़बर यह थी कि छुटकी का पति गढ़ी के पीछे मुर्दा पाया गया। उसके सीने पर चाकुओं के कई घाव थे। बाद में मेडिकल रिपोर्ट ने बताया कि मौत चाकूओं के ज़ख़्मों और ज़्यादा खून निकल जाने की वजह से हुई। साथ ही साथ पेट में धतूरे के बीज पाए गए।

पाँचवीं ख़बर यह थी कि बड़की अपने झोंपड़े में मुर्दा पाई गई। बाद में मेडिकल रिपोर्ट से पता चला कि उसके आमाशय में धतूरे के बहुत से बीज पाए गए। उसके बदन पर चोट का कोई निशान नहीं था।

एक मामूली ख़बर यह भी थी कि भीकू का लौंडा अचानक पागल हो गया है और बार-बार डूबते हुए आदमी की नक़लें करता है और हँसता है।

एक मामूली ख़बर यह भी थी कि बड़ी बहू ने प्रताप से हाथ जोड़कर कहा कि या तो वह उसे मैके भेज दे या फिर उसके साथ आकर गढ़ी में रहे। इस मामूली ख़बर में एक मामूली टुकड़ा यह भी था कि बड़ी बहू को अब नीले से बहुत डर लगने लगा है।

इलाक़े की पुलिस ने इस चौमुखे क़त्ल केस में बहुत जी-जान से मेहनत करके तफ़्तीश की और एक हफ़्ते के अन्दर-अन्दर एक-एक घटना की चूल से चूल बिठा दी।

कुम्हार की छोटी लड़की छुटकी के ख़िलाफ़ चार्जशीट दाख़िल हुई जिसका लुब्बे-लुबाब[1] यह था कि छुटकी भीकू के बेटे की आशना थी। इन दोनों को नामुनासिब हालत में देखकर छुटकी के पति पर पागलपन का दौरा पड़ गया। उसने इंतक़ामन गढ़ी में जाकर किसी बहाने से बड़की को बुलाया और किसी न किसी तरह राज़ी करके पहरेदारों को धतूरा और फिर बड़की को धतूरा खिलाकर खुद भी धतूरा खाकर बुरी नीयत से बड़की को उसके झोंपड़े में ले गया लेकिन इस बीच ओमकार की आँख खुल गयी उसने बाहर आकर झोंपड़े के पास जा कर छुटकी के पति को ललकारा। छुटकी के पति ने ओमकार पर क़ाबू पा लिया और राज़ खुलने के डर से उसकी गठरी बनाकर नहर में डुबो दिया। नहर की पटरी पर भीकू के बेटे ने यह डूबने वाला दृश्य देखा और होशोहवास खो बैठा और दूसरे गाँव जाकर छुटकी को बुला लाया। छुटकी ने जब यह सुना कि उसका पति बड़की की इज़्ज़त लूटना चाहता था तो वह गुस्से में गाँव आई और उसने धतूरे के नशे में मदहोश अपने पति को ओमकार की बीवी को उठाकर लाते और फिर उसे जान बचाकर भागते देखा तो

1. सारांश

यह सोचकर तैश में आ गई और सोचा कि थोड़ी देर पहले इसने मेरी बहन की इज़्ज़त लूटना चाही और अब एक मासूम इंसान को क़त्ल करके उसकी बीवी की इज़्ज़त लूटना चाहता है, यह सोचकर तैश में आकर उसने धतूरे के नशे में मदहोश पति को चाक़ू मार-मार कर ख़त्म कर दिया और भाग कर अपने गाँव पहुँच गई। भीकू का बेटा यह दो क़त्ल देखकर पागल हो गया। गवाही के तौर पर छुटकी के गाँव के कुछ लोगों का नाम दिया गया था जो इस बात के चश्मदीद गवाह थे कि पिछले दो रोज़ से भीकू का बेटा छुटकी और उसके पति से मिलने आ रहा था।

छुटकी ने ज़नाना हवालात की सलाख़ों पर सिर रख कर सोचा कि वह तो कहीं आई न गई, उसने अपने पति का खून क्यों और कैसे कर दिया? मैंने तो भीकू को बड़की के साथ तीन दिन पहले अपने गाँव आते देखा था तो पूछने पर बड़की ने बताया कि भीकू अपनी पत्नी को छोड़कर उससे शादी करना चाहता है। इसीलिए छुटकी के पति के पास रोज़ मशवरा करने आते हैं। मैं चौके में बैठी इन तीनों के लिए कचौरियाँ बनाती रहती और यह तीनों बाहरी कोठे में सिर जोड़े बैठे ब्याह की बात करते रहते। जाते समय बड़की मेरे पति को बुला गई थी कि वह आकर उसके गाँव में भीकू के ब्याह की बात कर ले। वह अपना देहाती दिमाग़ लड़ाती रही।

भीकू के घर जाने के बजाए मेरा पति बड़की के झोंपड़े में पहुँचा होगा। वहाँ उसे अकेला देखकर उसकी नीयत ख़राब हो गई होगी। पहले तो सगाई उसी से हुई थी ना। बड़की भी अब तक मेरे पति को मीठी-मीठी नज़रों से देखती थी। मेरा पति भी प्रायः लड़ाई में उलाहना देता था कि इस से अच्छा तो मेरा बड़की से ब्याह हुआ होता।

भीकू के घर ब्याह की बात करने जब दोनों नहीं पहुँचे होंगे तो भीकू का बेटा उनकी तलाश में झोंपड़े पर आया होगा। झोंपड़े में दोनों को एक साथ लेटा देखकर वह ओमकार बाबू को बुला लाया होगा। बड़की का गरम-गरम बिछौना छोड़ने के गुस्से में मेरे पति ने ओमकार को मार-मार कर नहर में डुबो दिया होगा। भीकू का बेटा यह देखकर पूरा पागल हो गया होगा। वापसी में मेरा पति फिर बड़की के झोंपड़े पर गया होगा। इतने में गढ़ी से ओमकार की पत्नी ने आकर मेरे पति को चाक़ू से गोद दिया होगा। बड़क्री यह सब देखकर धतूरा खाकर मर गई। अगर वह बड़की के साथ सोने का इतना ही शौकीन था तो उसका जो अंजाम हुआ वह अच्छा ही हुआ। यह सोचकर उसे कुछ इत्मीनान सा हुआ कि अचानक उसे अपना और बड़की का बचपन और लड़कपन और शुरू जवानी का साथ याद आया फिर अपने मरे हुए पति का गठा हुआ मज़बूत शरीर याद आया। फिर उसे याद आया कि उसका पति शहर से उसके लिए हमेशा पेड़े लाता था और पेड़े खाकर गरम-गरम दूध पीकर वह

दोनों छत पर सोने चले जाते थे। अचानक उसे अपने पति की हत्यारन ओमकार की पत्नी से तीव्र नफ़रत महसूस हुई। सलाख़ों के बाहर आहट हुई। पुलिस की ज़नानी ने आकर उस से पानी के लिए पूछा। उसने अपनी आँखों से बहता गदला-गदला पानी पोंछा और हाथ के इशारे से पानी को मना किया।

बाहर सुसर जी ने पहरे के नौकरों को अभी-अभी पिटवाया है। जिठानी सुबह से रोते-रोते अभी चुप होकर जेठ जी के साथ अपने कमरे में गई हैं। नीला ससुरजी के पास खड़ा हुआ दुम को चक्कर दे रहा है।

वह कौन था जो मुझे बाँधकर झोंपड़े में ले गया था और फिर मेरी आँखों पर पट्टी बाँधकर किस बुरी तरह मेरे बदन की दुर्गत बनाई थी। फिर रुक-रुक कर सोच-सोच कर कैसे उसने मेरे शरीर की बेइज़्ज़ती की थी। फिर कैसे मेरे जिस्म को बिना ढके वह झोंपड़े से निकल कर भागा था। मैं कई घंटो की कोशिश के बाद रस्सी खोलकर आँखों की पट्टी हटाकर खुद को गढ़ी के अन्दर ला पाई थी, जहाँ दरवाज़े पर नीला चुपचाप खड़ा मुझे अपने कमरे में जाते देखता रहा था। किसी को ख़बर नहीं हो पाई कि उस रात मेरी इज़्ज़त लुटी थी।

वह कौन था? छुटकी का पति या भीकू का लड़का? वह भीकू का लड़का ही होगा। क्योंकि उसकी पत्नी को नीले ने घायल किया था और ससुर जी ने अन्त तक ग़लती नहीं मानी थी। उसने इस तरह अपना इंतक़ाम लिया फिर आख़िर ओमकार को छुटकी के पति ने क्यों नहर में डुबोया ? उसने उसका क्या बिगाड़ा था। फिर बड़की धतूरा खाकर क्यों मर गई थी। जिठानी को ख़बर भी नहीं हो सकी। क्या बड़की ने जिठानी को भी सोने से पहले थोड़ा सा धतूरा खिला दिया था? यह छुटकी का पति और बड़की इस वाक़ये में कहाँ से आगए और यह दोनों मर क्यों गए ? इन दोनों को किस ने मारा ?

अचानक उसकी आँखें चमकने लगीं । यक़ीनन ऐसा हुआ होगा कि छुटकी ने रात को आकर गढ़ी के पीछे अपने पति और बड़की को बुरी हालत में देखा होगा, धतूरे के नशे में चूर अपने पति को चाकू से मारने में उसे कोई परेशानी नहीं हुई होगी। अलबत्ता बड़की को बड़ी बहन समझकर माफ़ कर दिया होगा मगर बड़की शर्मिंदगी से बचने के लिए धतूरा खाकर झोंपड़े में आकर सो गई होगी। मगर ओमकार को छुटकी के पति ने नहर में क्यों डुबोया?

बाहर कुछ शोर सुनाई दिया। उसने खिड़की के बाहर झाँका। गढ़ी के दरवाज़े के बाहर भीकू का बेटा ज़मीन पर पड़ा डूबते हुए आदमी की नक़ल कर के घुटी-घुटी आवाज़ में चिल्ला रहा था। उसने खिड़की ज़ोर से बन्द की और पलंग पर औंधी लेटकर सिसकने लगी।

10

बड़ी बहू ने लेटे-लेटे करवट बदली। अब रात हो गई थी। प्रताप चित लेटा छत की कड़ियाँ गिन रहा था। उसने ज़ाहिर किया जैसे वह सो रही है। वैसे भी पिछले कई दिनों से सोने और जागने में कोई अंतर महसूस नहीं होता था। खिड़की के बाहर आँगन में ससुर जी अभी तक टहल रहे थे। बड़ी बहू की समझ में जहाँ कुछ और बातें नहीं आई थीं वहीं यह बात भी धुन्दलके में थी कि क्या वाक़ई छोटी बहू बीच रास्ते से इज़्ज़त बचा के भाग आई थी? क्या उसके शरीर पर नील नहीं पड़े। क्या उसका पिंडा कोरा ही है। इस एहसास से ही उसे तकलीफ़ हो रही थी। जब-जब वह यह सोचती उसे साँस सीने में घुटता हुआ महसूस होने लगता। हो सकता है वह अपनी लाज बचाने के लिए झूठ बोल रही हो। यक़ीनन यही बात है वर्ना ऐसे टाँगें फेंक-फेंक कर क्यों चल रही थी।

उसने फिर खिड़की से बाहर झाँक कर देखा। खिड़की के बिल्कुल नज़दीक एक साया खड़ा था। वह चीख़ने ही वाली थी कि उसे नीले की साँसें सुनाई दीं। नीला खिड़की के पास थूथनी लगाए उसकी ओर देख रहा था।

"उठिए उठिए" वह तेज़ सरगोशियों में प्रताप से बोली।

"क्या बात है क्या हुआ?" प्रताप पलंग पर बैठ गया।

"कुछ नहीं.... मुझे नीले से डर लगता है.... खिड़की के पास खड़ा है।" वह बैठी थर-थर काँपती रही।

11

ठाकुर ऊदल सिंह ने टहलते-टहलते रुक कर अपनी साँसें दुरुस्त कीं। आँगन में पड़ी चारपाई पर बैठकर उन्होंने याद किया कि ओमकार बचपन से ही कितना ज़िद्दी था। मेले में जाता तो हर अच्छी चीज़ के लिए पसर जाता। मिट्टी की ढेर सारी गुड़ियाँ, शेर, भालू, गुब्बारे, रंगीन काग़ज़ की पतंगें और जाने क्या-क्या अला-बला गोद में उठाए ले आता और फिर थोड़ी देर में हर चीज़ तोड़-फोड़ कर बराबर कर देता। चीज़ हासिल होने के बाद उस के लिए बेक़ीमत और महत्वहीन हो जाती थी। आज वह सैकड़ों मन पानी के नीचे दबा हुआ होगा। मछलियों ने बदन पर मांस का रेशा भी न छोड़ा होगा। करनी का फल तो मिलता ही है, मगर इसी जन्म में उसे क्यों मिल गया, इसका उन्हें अफ़सोस था क्योंकि इस जन्म में तो वह उसके बाप थे। उन्होंने सिर उठाकर फिर आकाश की तरफ़ देखा। एक ओर से माहोट की बदलियां बढ़ती चली आ रही थीं और तारे इन बदलियों में धीरे-धीरे खोते जा रहे थे। बादलों की वजह से सर्दी कुछ कम लग रही थी। पहरे के नौकर गढ़ी के दरवाज़े पर उन की ओर पीठ किए बीड़ी पी रहे थे। नीला बड़े बेटे के कमरे की खिड़की के पास खिड़की में झाँक रहा था। छोटी बहू अपने मायके वालों के साथ अपने कमरे में लेट चुकी थी और उसके कमरे की रोशनी धीमी हो चुकी थी।

ओमकार उनके सामने खड़ा था। ओमकार उनसे पैसे माँग रहा था। वह ओमकार को पैसे दे रहे थे। ओमकार ने उनसे शहर जाकर सिनेमा देखने की आज्ञा चाही। उन्होंने इजाज़त दे दी। ओमकार चला गया। ओमकार फिर आ गया। इतनी मुद्दत में कुछ बड़ा हो गया था। उन्होंने ओमकार से कहा कि चेयरमैनी का चुनाव जीतना आसान काम नहीं होता। कुछ तगड़े पट्ठे भी साथ में होने चाहिए। कभी-कभी वोटों वाला बक्सा भी उठाना पड़ता है।

ओमकार मोटर साईकिल पर गया और ट्रैक्टर की ट्राली में तगड़े-तगड़े पट्ठों को बिठाकर ले आया। यह नरेश है, यह सुल्ताना है, यह रमेश है (और उसके चेहरे

पर घाव के दो निशान थे) यह बिल्ला है, यह बिहारी है.... फिर वह चुनाव जीत गए थे।

"ओमकार बेटा! स्कूल के पास वाले प्लाट पर अगर कल अम्बेडकर जयंती का समारोह हो गया तो यह प्लाट हमेशा के लिए हमारे हाथ से चला जाएगा। हम किसी को वहाँ समारोह मनाने से रोक भी नहीं सकते। बस आज की रात हमारे पास है।" यह बात उन्होंने क़स्बे की हवेली में बैठ कर कही थी।

ओमकार ने एक क्षण के लिए सोचा। मोटर साईकिल पर बैठकर देहात जाकर ट्रैक्टर लाया। अपने साथ चार पट्ठे लिए। राज मिस्त्रियों के मुहल्ले में जाकर गुलाब मैमार के चारों नौजवान लौंडों को बिठाया। ट्रैक्टर पर गाँव से बीस किसान पकड़ कर बिठा लाया था। भट्टे के मालिक लाला वीरेन्द्र को जगाकर उनके भट्टे पर ले गया। ट्रैक्टर की ट्राली में भट्टे की ईंटों के चार चक्कर लगवाए। इतनी देर में नीवें खोदी जा चुकी थीं। मिट्टी का गारा बन चुका था। पौ फटते-फटते दीवारें इतनी ऊँची उठ गईं कि गाँव के किसान एक दूसरे को घोड़ा बनाकर उन पर चढ़कर दीवार पर बैठे राजगीरों को गारे के परात और ईंटें पकड़ा रहे थे। हवेली से रात ही रात कुछ पुराने किवाड़ कब्ज़ों समेत निकलवाकर नए प्लाट की बेछत की इमारत में लगवा दिये गए थे। ....जब अड्डे की मस्जिद का बुडढा मुल्ला अज़ान दे रहा था तो उस समय नई इमारत के अन्दर फ़र्श चौरस करके ईंटें बिछाई जा चुकी थीं। जब सुबह हुई तो अम्बेडकर जयंती वालों ने मुँह फाड़-फाड़ कर सिर पर हाथ रखकर उस इमारत को देखा था। ओमकार ने भोर भए मुझे जगाकर किसानों की शराब और राजगीरों के जोड़े के लिए पैसे लिए थे।

"तू ने बड़की को क्यों बिगाड़ा मूर्ख। अपना ही गाँव मुहल्ला मिला था तुझे?" यह कहकर नम्बरदार ने एक करारा तमांचा ओमकार के मुँह पर मारा और देखा कि उनकी मोटी-मोटी उंगलियाँ उसके सुर्ख़ गालों पर स्पष्ट रूप से उभर आई हैं। वह चुपचाप सर झुकाए खड़ा रहा।

"दूर हो जा मेरे सामने से...." वह चला गया था उन्होंने सुना था वह दरवाज़े से निकलते समय खिसियाया हुआ था मगर उसके मुँह से धीमी-धीमी हँसी की आवाज़ निकल रही थी। उसके इस तरह शर्मिन्दा होने और बड़े जुर्म की छोटी सज़ा मिलने की ख़ुशी और हँसी पर उन्हें रूठा- रूठा प्यार आया था।

उन्होंने आसमान की ओर फिर देखा और वापिस आते हुए सोचा कि ओमकार अब कहाँ है। वह तो उन बादलों के परे जा चुका है या हो सकता है अभी तक उसकी आत्मा नहर के किनारे झाड़ियों में भटक रही हो। उन्हें अपने सीने में एक भारी धमक महसूस हुई। उन्होंने इस बैचेनी के आलम में आँखें बंद करके सोचा कि यह

सियासत, दौलत, सत्ता प्रताप के बस की बात नहीं, वह तो मेरी ज़िन्दगी में ही इन चीज़ों की हिफ़ाज़त मुश्किल से कर पाएगा। इस सोच ने उनकी बेचैनी को और गहरा कर दिया।

बराबर में कुछ आहट सी हुई उन्होंने आँखें खोलकर देखा सामने ओमकार खड़ा था। वह स्याह रंग का था उसकी लंबी सी थूथनी थी और मोटे-मोटे आधे चन्द्रमा के आकार के सींग थे। वह उठे और नीले की गर्दन से लिपट कर फूट-फूट कर रोए।

उनके रोने की आवाज़ें सुनकर पहरे के नौकर भागे हुए उनके पास आए जिन्हें गालियाँ देकर फिर उनकी जगह भेज दिया गया। ठाकुर ऊदल सिंह की बुद्धि काम नहीं कर रही थी कि ओमकार का क़त्ल किसने किया ? उसका क़त्ल छुटकी के पति ने किया तो छुटकी के पति को किस ने मारा? फिर बड़की को धतूरा खिलाकर किस ने ख़त्म किया? बड़की को तो मालूम भी नहीं था कि उसकी इज़्ज़त किसने लूटी थी। भीकू के लौंडे का इस वारदात से क्या संबन्ध है? उन्होंने थाना इंचार्ज से भी घंटों इन मामलों पर बातचीत की थी। थाना इंचार्ज भी यही कहता था कि ओमकार का क़त्ल उन ही मक़्तूलीन[1] में से किसी ने किया होगा लेकिन अब मुल्ज़िम की पकड़ न होने के कारण छुटकी को ही चार्जशीट करना मुनासिब है क्योंकि केस चारों ओर से चौकस बैठ रहा है। वह देर तक तानेबाने सुलझाते रहे मगर कोई सिरा हाथ नहीं आया। नीला ज़मीन पर बैठा-बैठा ऊँघने लगा था।

1. मारे गए लोग

12

हल जब धरती पर चलता है तो उसके सीने पर एक गहरी माँग पड़ जाती है लेकिन हल के दूसरे ही फेरे में उस मांग में मिट्टी भर जाती है। ज़िन्दगी के ज़ख़्मों को वक़्त भी इसी तरह भरता रहता है। रात-दिन का हल चलता रहता है और दुखों की गहरी लकीरें मामलात की मिट्टी से भरती रहती हैं। यह इंतज़ाम न हो तो ज़िन्दगी के खेत में फ़सलें उगना ही बन्द हो जाएँ।

चेयरमैनी के अगले चुनाव की तैयारी में ठाकुर ऊदल सिंह का दुख आहिस्ता-आहिस्ता कम होने लगा। अदालत ने चश्मदीद गवाह न होने के कारण छुटकी को रिहा कर दिया था। अब वह छुटकर अपने पुराने झोंपड़े को लीप पोत कर रहने लगी थी। भीकू का बेटा तीन साल पागलख़ाने में रह कर आ गया था। उसने खेती का काम करने से इन्कार कर दिया था। वह खेतों के पार मैदानों में नहर के पास छिदरी-छिदरी बबूलों के साए में जवांसे की सब्ज़ क़ाँटेदार झाड़ियों में बैठा एक टक आसमान को देखता रहता था। उसकी पत्नी ने उसकी बहुत सेवा की मगर अब वह मायूस हो गई थी। वह जब भी भीकू के बेटे से कोई सवाल करती भीकू के बेटे पर दौरा पड़ जाता और डूबते हुए आदमी की नक़लें करते-करते बेहाल हो जाता। पत्नी वक़्त-बेवक़्त खेतों की ओर निकल जाती और अन्धेरा होने के बाद वापिस आती तब भी उसे कोई ऐतराज़ नहीं होता।

ठाकुर ऊदल सिंह एक बार फिर चुनाव जीत गए। जीत वाली रात हवेली में जश्न मनाया गया। नम्बरदार ऊदल सिंह ने मुट्ठी भर बादाम नीले के मुँह में डाले जिसे वह मज़े ले लेकर चबाता रहा। अचानक उन्हें ओमकार याद आया। उन्होंने एक मुट्ठी बादाम उसके मुँह में और डाले।

दो मुट्ठी बादामों का असर तीसरे दिन ज़ाहिर हुआ। रात को वह हवेली के फाटक से निकला। सीधा उस जगह पहुँचा जहाँ कुछ साल पहले गाय हरी होने का सुहाना मंज़र देखा था। तबेले में ख़ाक उड़ रही थी। वह खड़ा अपने पाँव पटख़ता

रहा। बराबर में कांजी हाउस था। कांजी हाउस के बोसीदा टीन के दरवाज़े की झिरी से उसने देखा कि अन्दर कुछ मरियल बकरियाँ और दो चार गाय, बैल और बिजार खड़े हैं। सींगों की एक ही टक्कर से उसने टीन का दरवाज़ा तोड़ दिया। सारे मवेशी कांजी हाउस से निकल कर जहाँ सींग समाया भाग लिए। थोड़ी दूर पर भैंसों का तवेला था। वहाँ पहुँच कर उसने भैंसों को अपने सींगों से रेलना शुरू कर दिया। भैंसे रस्सियाँ तुड़ा-तुड़ा कर भागीं और क़स्बे की सीमा के पास खेतों में घुस गयीं। नीला उधर से फ़ारिग़ हुआ तो पैंठ जाने वाले रास्ते में जो मकान मिले उनके अन्दर घुसकर सोते हुए आदमियों को चारपाइयों पर ही खूँद डाला। पुकार मची तो मुहल्ले के लोग दौड़े हुए आए। कुछ घायलों की मरहम-पट्टी कराने हस्पताल ले गए। बाक़ी लाठियाँ लेकर उसकी तलाश में निकल पड़े जिसने यह सब किया था। नीले ने आदमियों की पुकार सुनी तो अन्धेरे में ही उसने रास्ता काटा और बेरियों में होता हुआ खेतों में उतरा और खेतों-खेतों होता हुआ कहीं गुम हो गया।

ठाकुर साहब की हवेली पर बहुत हुजूम था। ठाकुर साहब ने महसूस किया कि इस हुजूम में सारे लोग उनके विरुद्ध नहीं हैं। यह हक़ीक़त भी थी कि क़स्बे के अक्सर लोग ठाकुर साहब को पसंद करते थे कि ठाकुर साहब जा-ब-जा मामले में अक्सर उनका साथ भी देते थे लेकिन नीले के बरसहा-बरस के हंगामों और बर्बादियों से तंग आकर पक्षधर लोग भी ठाकुर साहब से तो नहीं लेकिन नीले से ज़रूर नफ़रत करने लगे थे। ठाकुर साहब ने मजमे को यक़ीन दिलाया कि वह आज ही उसका इंतज़ाम करेंगे और इस सिलसिले में नगरपालिका के कार्यालय में एक हंगामी मीटिंग तलब की गई।

ऑफ़िस खचाख्रच भरा था। सारे सदस्य उपस्थित थे। महमूद साहब पुरानी चोटें भूले नहीं थे। आज फिर एक मौक़ा था। इस बार उन्होंने अच्छी तैयारी की थी। रात ही रात खुफ़िया तौर पर वह ज़िला कलैक्टर से भी बात कर आए थे।

मीटिंग बहुत शोर -शराबे में शुरू हुई थी। विरोधी सदस्य ऊधम मचाने में पेश-पेश थे।

महमूद साहब ने सारे सदस्यों के चेहरों का जायज़ा लिया और अंदाज़ा किया कि ठाकुर साहब के पक्ष के सदस्य भी आज कम से कम नीले के मामले में लगभग सहमत हैं। इस एहसास ने उनके अन्दर एक नई ताक़त भर दी।

''भाइयो! मैं पहले भी ठाकुर साहब को कई बार इस वहशी जानवर के सिलसिले में आगाह कर चुका हूँ बल्कि मैंने तो उसी वक़्त मना किया था जब उन्होंने उसे पालना शुरू किया था मगर यह मेरी बात नहीं माने। इन्होंने उसे बादाम खिला-खिला कर पागल सांड बना दिया है। शहरी इन्सानों का इस तहर के जानवर

पालने का शौक़ ग़ैर फ़ितरी[1] है। इस नीले ने फ़सलें नष्ट की हैं, ग़रीबों के घर, बर्तन और चूल्हे तोड़े हैं, नन्हें-नन्हें बच्चों को कुचला है, बूढ़े आदमी का खून किया है, तवेले की भैंसों को मार-मार कर भगाया है, कांजी हाउस के मवेशियों को आज़ाद किया है। माँओं और बहनों की... माँओं बहनों की (उन्होंने चुनाव के भाषण पर मन ही मन लानत भेजी और एक उचित वाक्य ढूँढा) माँओं बहनों की रातों की नींद हराम कर दी है। कौन है जो आज इस क़स्बे में चैन की नींद सो सकता है, बोलिए कौन है....?''

''कोई नहीं, कोई नहीं।'' सदस्यों ने उत्साहपूर्वक एक साथ जवाब दिया।

''नहीं एक व्यक्ति है जो आराम से सोता है और चैन से आराम करता है...'' यह कहकर उन्होंने इस वाक्य का प्रभाव जानने के लिए सबके चेहरों की ओर देखा। सबकी आँखें सवाल थीं।

''वह शख़्स है ठाकुर ऊदल सिंह जो हमारे चेयरमैन हैं।'' इन्हें इस बात की परवाह नहीं कि इस नीले ने कितने नुक़सानात किए। माली[2] और जिस्मानी और जानी।'' महमूद साहब मनचाहा असर देखकर आगे बढ़े।

ठाकुर ऊदल सिंह मन ही मन ताव खाते रहे। आख़िर में उन्होंने कड़े दिल से एक फ़ैसला किया और पूछा।

''मैं आप से पूछना चाहता हूँ कि आप लोग क्या चाहते हैं?''

महमूद साहब ने जवाब दिया। ''हम चाहते हैं कि क़स्बे को इस आफ़त से निजात दिलाई जाए।''

''मगर कैसे?'' ठाकुर साहब उन्हें अपनी राह पर लाना चाहते थे।

''जान से ख़त्म करके और कैसे....'' महमूद साहब गरजे।

ठाकुर साहब यही सुनना चाहते थे।

''ठीक है।'' ठाकुर साहब ने नर्मी लेकिन मज़बूती से कहा ''आप जानते हैं यह गऊ हत्या होगी।''

महमूद साहब ने अंदाज़ा किया कि कुछ सदस्य यह बात सुनकर ठंडे पड़ गए थे।

''दूसरी बात यह कि क़ानून मुजरिया 1972 के तहत उसे मारा नहीं जा सकता। इसकी सख़्त सज़ा है।'' ठाकुर साहब ने थाना इंचार्ज की बातचीत याद करके यह वाक्य बोला।

जब उन्होंने अन्दाज़ा कर लिया कि अब सदस्य सीधे रास्ते पर आ गए हैं तो

1. अप्राकृतिक 2. आर्थिक

उन्होंने कहा। ''क्या आप लोग क़सम खा सकते हैं कि पिछली रात को जो कुछ हुआ वह सब नीले ने ही किया है और कांजी हाउस के बैलों, तवेले की भैंसों ने कुछ नहीं किया? नीला बदनाम हो गया तो क्या सारे आरोप उसी के सिर जाएँगे। बद भला बदनाम बुरा'' उन्होंने मुहावरे का सहारा लिया।

''लेकिन वे बैल और भैंसें भी तो नीले की वजह से ही उत्तेजित हुए।'' महमूद साहब ने दूर की कोड़ी ली।

''तो क्या उत्तेजित करने वाला ही सारा अपराधी है, उत्तेजना में आने वाला बिल्कुल मासूम है। ठाकुर साहब गरजे। फिर उन्होंने एक वकील सदस्य से कहा।

''वकील साहब आप बताइये, उत्तेजित होनेवाले और उत्तेजित करने वाले की सज़ाएँ क्या अलग अलग हैं?''

सदस्य वकील क्योंकि ठाकुर साहब की पार्टी के आदमी थे लेकिन साथ ही साथ वकील भी थे और पेशे की लाज रखना भी ज़रूरी थी इसलिए उनका जवाब बहुत युक्ति-संगत और ठोस था।

''दरअसल उत्तेजना में आना एक ऐसा काम है जिसकी जड़ें इंसानी अवचेतन में दूर तक पैवस्त[1] होती हैं। अगर अवचेतन का वह हिस्सा कण बराबर भी अपराधिक तत्व रखता है तो उत्तेजित होने के लिए एक हलकी सी प्रेणा भी काफ़ी होती है लेकिन उत्तेजित करने वाले को भी बेक़सूर नहीं कह सकते और सच पूछिए तो दोषी भी उस समय तक नहीं कह सकते जब तक इस बात की पुष्टि न हो जाए कि उत्तेजित करने वाले ने उत्तेजित होने वाले के साथ वह कौन सा काम किया जिसके कारण उत्तेजित होने वाला उत्तेजित हुआ। इस मामले में नीले ने केवल इतना किया कि कांजी हाउस के दरवाज़े से अपनी पीठ रगड़ी क्योंकि जानवरों को पीठ रगड़ने की आदत होती है तो इस धमक से पुराना दरवाज़ा टूट गया और दूसरे जानवर जो अवसर का इंतज़ार करते रहते हैं, आज़ाद हो गए और फिर उन्होने मनमानी की। क्योंकि इस बात का कोई सबूत नहीं हैं कि नीले ने उनको प्रलोभन दे कर फ़सलें नष्ट कराईं इसलिए यह बात जांच-पड़ताल और पूछ ताछ चाहती है कि नीले का पिछली रात की बरबादी में निजी तौर पर कितना हिस्सा है और हिस्सा है भी या नहीं।''

इस माकूल तक़रीर को अभी सदस्य सुन कर ठीक से समझ भी न पाए थे कि ठाकुर साहब ने एक हसबे-मंशा फ़ैसला सुनाया।

''भाइयो! नीले को तलाश करने का अभियान अभी से शुरू किया जाता है।

1 शामिल

मैं थाने में भी बात करूँगा। कुछ स्वंयसेवक टुकिड़याँ भी बनना ज़रूरी है कि हर काम नगर पालिका नहीं कर सकती। नीले को गिरफ़्त में ले कर इस बात का अंदाज़ा किया जाएगा कि आगे क्या कार्रवाई हो। आज की सभा समाप्त।''

महमूद साहब ने आज की मीटिंग के फ़ैसले को अपनी कामयाबी समझी। उन्हों ने अपने सदस्यों और समर्थकों द्वारा क़स्बे भर में यह मशहूर करा दिया कि नीला पागल हो गया है और उसे इंसानी ख़ून की चाट लग गई है।

जिसने भी यह सुना दहशतज़दा रह गया। दहशत की बड़ी वजह यह थी कि नीला छुपा हुआ था और छुपी हुई चीज़ प्रकट की तुलना में ज़्यादा ख़तरनाक महसूस होती है। लोगों ने दीवारों पर नीले को पकड़ लाने पर इनाम देने के इश्तेहार लगा दिए। नीले को पकड़ने की तैयारियाँ ज़ोरोशोर से होने लगीं।

ज़िला कलैक्टर ने, जो सुबह ही अपना नुमाइंदा भेज कर ठाकुर साहब को तंबीह कर चुका था, शाम को ठाकुर साहब को ज़िला कार्यालय में बुलाया। ठाकुर साहब आधे मन से पहुँचे। हालाँकि अन्दर ही अन्दर खुश भी थे कि आज कलेक्टर से बात करने का अवसर मिलेगा। शहर में कलैक्टर के कार्यालय में दाख़िल हुए तो वह बड़ी सी मेज़ के पीछे संजीदगी के साथ बैठा नज़र आया। बैठे-बैठे उसने ठाकुर साहब से पूछा।

''ऊदल सिंह जी ! नीले ने बहुत तबाहियाँ मचा रखी हैं, रोज़ाना कोई न कोई शिकायत आ जाती है अब इसका इंतज़ाम करना ज़रूरी हो गया है। आपने क्या सोचा है? मेरे ऊपर जनमत का बहुत ज़बरदस्त दबाव है। दूसरे क़स्बे वाले भी शिकायत कर रहे हैं कि ठाकुर के नीले की वजह से गाँव और क़स्बे में बहुत बर्बादी हो रही है। मैं ने सुना है कि वह कभी-कभी दूसरे क़स्बों और खुद शहर में भी आ जाता है।''

ठाकुर ऊदल सिंह ख़ामोश रहे।

''सुना है आप कहते हैं कि अगर उसको मार दिया जाए तो लोग गऊ-हत्या समझ कर भावुक हो जाएँगे। मुझे आप से ऐसी बचकाना बातों की उमीद नहीं थी। हम सब को पढ़े-लिखों जैसी बात करना चाहिए।''

ठाकुर साहब बोले ''पढ़े-लिखों के सामने पढ़े-लिखों जैसी बातें होती हैं। देहात और क़स्बे में लोग अनपढ़ हैं। उन्हें आप से ज़्यादा मैं जानता हूँ।''

''फिर भी....'' कलैक्टर बोला.... ''फिर भी मैं इसे सही नहीं मानता कि बर्बादी फैलाने वाले एक वहशी जानवर को जिसे आपने पाल रखा है, केवल इस वजह से नहीं मरवाया जा सकता कि अनपढ़ इसे गऊ-हत्या समझेंगे या धर्म का अपमान समझेंगे।''

ठाकुर साहब ने एक और पेंतरा बदला।

"अस्ल में बात यह है साहब कि आप तो मुझ से ज़्यादा जानते हैं कि नीले को मारना क़ानून मुजरिया 1972 के तहत जुर्म है।"

"मगर इसका इलाज है...." कलैक्टर बोला.... मैं फ़ोरेस्ट आफ़ीसर से बात करके वाइल्ड-लाईफ़ आफ़ीसर से उसे पागल डिकलेयर करा के मरवा सकता हूँ।"

"मगर यह तो ज़्यादती होगी क्योंकि नीला पागल तो नहीं है।"

"लेकिन हरकतें तो पागलों वाली ही कर रहा है।"

"मैं इसका इलाज कर रहा हूँ साहब। आज ही से नीले को पकड़वाने की तैयारियाँ कर ली हैं। आप मुझे एक मौक़ा दीजिए।"

कलैक्टर ने न चाहते हुए भी उन्हें मौक़ा दे दिया।

सुर्यास्त होने के बाद जब वह क़स्बे में दाख़िल हुए तो क़स्बे में सन्नाटा छाया हुआ था। लोंगों ने घरों के दरवाज़े बन्द कर रखे थे और गलियों में पुलिस वाले टहल रहे थे। स्वयंसेवक टुकड़ियाँ खेतों और जंगलों में नीले की तलाश में निकल गई थीं।

टुकड़ी नम्बर एक ने पूस की स्याह रात में क़स्बे के बाहर वाले बेर के बाग़ और खेतों की पगडंडी पर किसी को खड़ा देखा। इशारे से बताया। सब लोग ख़ामोश हो गए। लाठियाँ मज़बूती से पकड़े-पकड़े उसकी तरफ़ आहिस्ता-आहिस्ता बढ़े और बीस गज़ दूर से उस पर टार्च फेंकी। तीन सेल की टार्च की रोशनी में देखा गया कि नीला धुंधलके में खड़ा है। टार्च फ़ौरन बंद कर दी गई।

इस टुकड़ी में पाँच लोग थे। कुरैशियों का लौंडा याक़ूब जो एक ही साँस में कबड्डी टीम के किसी तगड़े पट्ठे को छू कर सामने वाली लकीर पर हाथ मार कर आ जाता था, हाथ में मोटी सी लाठी सँभाले हुए था। उसका पड़ोसी अब्दुल का बड़ा बेटा हाथ में स्टिक लिए हुए था। वह क़स्बे के इंटर कालेज की हाकी टीम का कप्तान था। इसी मुहल्ले के शेख़ चिल्ली अनवार के हाथ में तीन सेल की जीप टार्च थी। वह ख़ुद को टुकड़ी नम्बर एक का लीडर समझे हुए था। उनके पीछे शक्कर वालों का लौंडा गुलशन था जो वॉलीबाल खेलते हुए इतना ऊँचा उछल कर बाल मारता था कि कभी-कभी जाल के दूसरी ओर मुख़ालिफ़ टीम के पाले में जा गिरती थी। पाँचवें थे बूढ़े नत्थू चाचा जो अपनी जवानी में ख़रगोश और तीतर मैदान में दौड़ा कर, थका कर ज़मीन पर बिठा लेते थे और उनके चारों ओर चक्कर लगा कर क्षण प्रतिक्षण क़रीब होते-होते अचानक ढेले या डंडे से ख़रगोश या तीतर को ज़ख्मी करके पकड़ लेते थे। यह हर लिहाज़ से नीले को क़ाबू में करने के लिए आईडियल टीम थी।

नत्थू चाचा ने इशारे से सब को कुछ देर ख़ामोश रहने को कहा ताकि नीला

उनकी ओर से बेगुमान हो जाए और फिर आहिस्ता-आहिस्ता घेरा डाल कर उसे लाठी और स्टिक की मदद से क़ाबू में कर लें। बूढ़े नत्थू चचा के इन ख़ामोश मशवरों से अनवार को अपनी तीन सेल की टार्च और लीडरी की बेइज़्ज़ती महसूस हुई। उसने नत्थू चाचा को पीछे धकेल कर बाक़ी लोगों को इशारे से प्लान समझाया कि अब नीले को मौक़ा मत दो। चारों ओर से घेर कर एकदम हमला बोल दो। मंसूबे पर अमल हुआ। नीले को चारों ओर से ख़ामोशी से घेरकर एक साथ हमला हुआ। लाठी और स्टिक उचट कर मारने वालों के माथों से टकरा कर हवा में लहराने लगीं।

वह नीला नहीं बेरी का एक मोटा कुबड़ा पेड़ था।

टुकड़ी नम्बर दो ने आमों के बागों में नीले को ढूंढने का प्लान बनाया था। आमों के घने बाग़ में जैसे ही सब लोग दाखिल हुए तो बाग़ के अन्दर फच-फच करता हुआ कोई भागा। बारिश से बाग़ में कीचड़ हो गई थी। टार्च की रोशनी में सबने स्पष्ट देखा कि वह नीला ही था मगर वह एक भूरा पट्ठा था जिसके अभी सींग भी पूरी तरह नहीं निकले थे।

टुकड़ी नम्बर तीन ने क़सबे की पूर्वी सीमा के खंडरों में तलाश का बीड़ा उठाया। खण्डहर में दाख़िल होते ही सब ने महसूस किया कि खण्डहर में कोई जीव-धारी है। सब के दिल ज़ोर-ज़ोर से धड़कने लगे। हिम्मत करके आगे बढ़े। मलबे पर चढ़ कर खण्डहर के अंतिम सिरे तक देखा तो वहाँ एक साया नज़र आया। अगर टार्च की रोशनी वहीं से डाल दी तो वह भाग सकता है, यही सोच कर लोग ख़ामोशी से मलबे के नीचे उतर आए और पूरा चक्कर काट कर धीमे-धीमे उस टूटी हुई दीवार के नीचे पहुँच गए जिसकी आड़ में नीला खड़ा था।

धड़कते हुए दिल के साथ टूटी हुई दीवार से हाथ निकाल कर टार्च जलाई। वह रामदीन तेली की देवी के नाम पर छोड़ी हुई गाय थी।

अलबत्ता टुकड़ी नम्बर चार ने जब बड़े पोखर के किनारे की झाड़ियों में खड़े नीले को चारों ओर से घेर कर लाठियों से अच्छी तरह पीट कर ज़मीन पर लिटा दिया और रोशनी में उसकी चोटों का जायज़ा लेने के लिए जब लालटेन जलाई तो मालूम हुआ कि वह लड्डन ताँगे वाले का लँगड़ा घोड़ा था जो अब अपने लंगड़ेपन की विवशता से छुटकारा पाने की मंज़िल के बहुत पास पहुँच चुका था।

क़स्बे के अन्दर पुलिस वालों ने नीले के धोके में जिन पालतू जानवरों को मारा उसमें उनका यानी पुलिस वालों का कोई क़ुसूर नहीं था क्योंकि इन पालतू जानवरों और नीले में बहुत चीज़ें साझी थीं। मिसाल के तौर पर बफ़ाती की भैंस इसलिए मारी गई कि उसका क़द नीले के क़द से मिलता जुलता था। जुम्मन टाल वाले का बैल इसलिए काम में आया कि उसकी ऊँचाई नीले की ऊँचाई के बराबर थी। गंगा

तेली का भैंसा इसलिए निशाना बना कि उसमें और नीले में यह विशेषता साझी थी कि दोनों के दो-दो कान थे।

ठाकुर ऊदल सिंह इतने उत्साह के साथ नीले की तलाश की मुहिम को देख कर भयभीत हो गए। वह हवेली में आए, जीप में बैठ कर सीधे देहात पहुँचे और गढ़ी का दरवाज़ा खोल कर अन्दर दाखिल हुए। उन्हें नीला बहुत याद आ रहा था। गढ़ी में पहुँच कर उन्हें ख़ास तौर से नीले की सारी बात याद आ जाती थीं। आँगन में पड़ी चारपाई पर लेट कर उन्होंनें आँखें बन्द कर लीं। उन्होंने सोते-जागते हालत में देखा कि नीला उनके पास आ कर खड़ा हो गया है और उनका हाथ चाट रहा है। आहट पे आँखे खोल दीं। वह सपना नहीं था। नीला वाक़ई उनका हाथ चाट रहा था। उन्होंने उसे ध्यान से देखा। उसके सींग और खुर पर ताज़ा लहू के निशान थे। उन्होंने घबरा कर मुआइना किया कि ख़ून दूसरों का है या नीले के बदन से निकला है। टार्च से देख कर उन्होंने ऊपरवाले का शुक्र अदा किया। ख़ून दूसरों का ही था।

13

नीला इस समय गढ़ी में था हालाँकि वास्तव में वह इस वक़्त क़स्बे में था। वह आमों, अमरूदों और बेरों और जामनों के हर बाग़ में था। कस्बे का हर व्यक्ति समझ रहा था कि नीला कहीं नहीं ख़ुद उसके दरवाज़े से लगा खड़ा है बस ज़रा दरवाज़ा खुला और....।

14

नम्बरदार ऊदल सिंह फ़ैसला करने में देर नहीं करते थे अलबत्ता फ़ैसला सुनाने में जल्दबाज़ी से काम नहीं लेते थे। वह जानते थे कि फ़ैसला करना और फ़ैसला सुनाना दो अलग-अलग काम हैं और दोनों को एक दूसरे में उलझाना मुनासिब बात नहीं है। वह जानते थे कि फ़ैसला जल्द लेना अक़्लमंदों का तरीक़ा है लेकिन फ़ैसला ज़ाहिर करने में जल्दी करना मूर्खों का काम है। उन्होंने नीले के अंजाम से संबंधित आख़िरी फ़ैसला तो नहीं लिया लेकिन इतना ज़रूर सोच लिया कि तुरन्त क्या करना चाहिए। नीले के बारे में आख़िरी फ़ैसला लेने के लिए उन्होंने अपने आप से समय माँगा जो उन्होंने अपने आप को तुरन्त दे दिया।

वह लोगों की प्रतिक्रिया जानना चाहते थे कि गढ़ी के बाहर गाँववाले, पंच, स्कूल का हैडमास्टर और मन्दिर का पुजारी नीले के बारे में क्या राय रखते हैं। उन्हें इस बात की भी चिन्ता थी कि क़स्बे में हवेली वाले और हवेली के बाहर दूसरे लोग नीले से किस हद तक बदज़न हैं और किस हद तक भयभीत है। म्यूनिसिपल बोर्ड के मुआफ़िक और मुख़ालिफ़ मेम्बरान के जोश का अब क्या हाल है। ज़िला कलैक्टर शहर में बैठा किन बिन्दुओं पर सोच रहा है, इस बात की फ़िक्र की आँच भी उनके ज़ह्न के किसी उजाड़ गोशे में धीमे-धीमे सुलग रही थी।

नीले के अंजाम के बारे में वह आख़िरी फ़ैसला ले सकते थे लेकिन उन्होंने फ़ैसला किया कि वह फ़ैसला नहीं लेंगे। पहले इस मामले के हर पहलू का बारीकी और गहराई से जायज़ा लेंगे। लेकिन बारीकी और गहराई से जायज़ा लेने के लिए समय की आवश्यकता थी। नीले को किसी ग़ैर ने देख लिया तो वक़्त मिलना मुश्किल हो जाएगा! तभी उन्होंने एक फ़ैसला किया।

बड़े की खिड़की के पास जाकर आवाज़ दी।

"प्रताप.... ओ प्रताप.... बाहर आओ बेटा....।"

उनकी आवाज़ सुनकर अन्दर कमरे में अचानक चूड़ियाँ खनकीं। वह खिड़की

से दूर हट आए। थोड़ी देर बाद प्रताप बाहर आ गया।

''नीला हमारी गढ़ी में आ गया है।'' उन्होंने बिना किसी भाव के यह वाक्य बोला। दूसरों की प्रतिक्रिया जानने की शुरूआत वह घर से ही करना चाहते थे। प्रताप का मुँह खुला का खुला रह गया। वह बुनियादी तौर से अच्छा आदमी था।

''बापू! अब उसका गुज़ारा यहाँ नहीं होगा। गाँववाले, क़स्बे वाले यहाँ तक कि शहर का कलैक्टर भी, सब उसके दुश्मन हो गए हैं। और सच्ची बात तो यह है कि कोई ग़लत भी नहीं है। इसने बहुत तबाही मचा रखी है।'' प्रताप ने गढ़ी के आँगन में अन्धेरे में खड़े नीले को देखने का प्रयास करते हुए यह बात कही।

''लेकिन यह हमारे कितने काम आया है और अभी भी कितने काम आ सकता है।'' नम्बरदार ने उसकी लंबी बात का संक्षिप्त सा जवाब इस अंदाज़ से दिया कि उनका जवाब एक सवाल बनकर प्रताप की आँखों के सामने आँकड़ा सा बनकर नाचने लगा।

वह सोच-सोच कर रुक-रुक कर बोला।

''बापू! यह गढ़ी और हवेली की सुरक्षा करता है ताकि हमारा धन-दौलत और राज बना रहे। लेकिन इतनी बर्बादी कर देता है कि हमें इस धन-दौलत और राज को भोगने का वक़्त भी नहीं मिल पाता। हर समय यही ज़िक्र सुनते हैं कि आज नीले ने उसका खेत उजाड़ दिया। कल नीले ने उसका खलियान बिगाड़ दिया। अभी नन्हें बच्चों को कुचल कर आया है। अब वह बुडढे बेक़सूरों को मारने जा रहा है। कभी अपने ही जैसे मवेशियों को लहू-लुहान कर रहा है, कभी छोटी-छोटी बकरियों पर खड़ा अर्रा रहा है। हमें अपनी चीज़ों की सुरक्षा के लिए उस जंगली की मदद नहीं लेना चाहिए। हम खुद चौकन्ना सोया करेंगे।''

''तुम मूर्ख हो प्रताप! इसका मतलब तुम इस विचार के आदमी हो कि गढ़ी में या हवेली में पहले चोर को आने की छूट दे दो। जब वह आजाए तो चौंक कर उसे पकड़ लो। अरे मूर्ख ! कोशिश यह होनी चाहिए और यही कोशिश मैंने की थी कि ऐसा नक़्शा बन जाए कि कोई गढ़ी और हवेली में घुसने का ख़्याल भी मन में न लाए।''

प्रताप चुप हो गया। वह ज़्यादा देर तक अपने बाप से बहस नहीं कर पाता था।

''मैंने सोचा है।'' उन्होने प्रताप के कन्धों पर हाथ रखकर कहा और वह जानते थे कि जब वह प्रताप के कन्धों पर हाथ रखकर कोई बात कहते हैं तो वह हाँ-हाँ करने लगता है।

''नीले को कुछ दिन के लिए मन्दिर वाले अरहर के घने खेत में छुपा देते हैं।

फिर अन्दाज़ा करते हैं कि लोगों का उसके बारे में क्या विचार बन रहा है।''

उन्होंने केवल प्रताप और गढ़ी के दोनों पहरेदारों को अपना हमराज़ बनाया।

कुहरा सा हो गया था। दोनों पहरेदार नीले को गुड़ और बादाम खिलाते हुए आहिस्ता-आहिस्ता रात के फैले सन्नाटे में गढ़ी से बाहर ले गए। तंग गलियों में से निकालकर आमों के बाग़ों के बराबर होते हुए मन्दिर वाले अरहर के घने खेत के पास पहुँचे। एक उसे लिए खड़ा रहा, दूसरा अन्दर जाकर खेत के बीचों बीच पौधे काटकर जगह बनाने लगा। फिर धीरे-धीरे नीले को खेत में दाख़िल करके उस जगह पहुँचे। नीला उस खेत से मानूस था। अक्सर वहाँ आया करता था। उसने उस समय कोई विरोध नहीं किया। अन्दर एक मोटा सा खूँटा हाथभर ज़मीन में गाड़ कर नीले की गर्दन में रसान के साथ रस्सी बाँध दी। रस्सी लम्बी थी, इतनी लम्बी कि नीला आसानी से चल फिर सकता था।

दूसरे फेरे में बहुत सा चारा, बहुत सा मोटा अनाज और बहुत सा गुड़ और बादाम लाकर उसके पास रख दिए गए। नाँद में ऊपर तक पानी भरकर नाँद वहीं मिट्टी में जमा दी गई।

वापसी में सायों की तरह रेंगते हुए दोनों पहरेदार गढ़ी में पहुँचे और नम्बरदार को नीले के इस कच्चे प्रबंध की पक्की ख़बर दी। नम्बरदार ऊदल सिंह ने जो इतनी देर से साँस रोके बैठे थे, एक बड़ी इत्मीनान भरी साँस बाहर छोड़ी। ''अब तुम बाहर जा कर इत्मीनान से सो जाओ। बहू से कुछ न कहना।'' उन्होंने ऐसे यक़ीन से कहा मानो पति लोग बीवियों से राज़ छुपा पाते हों। वैसे भी बड़ी बहू ने खिड़की की ओट से दृश्य का आधा भाग अपनी आँखों से देख लिया था।

नम्बरदार सुबह उठे तो सब से पहले गाँव का एक चक्कर लगाया। लोग हैरान भी हुए और ख़ुश भी कि आज बहुत दिनों बाद नम्बरदार को गाँव पर टूट कर प्यार आया है और वह भी हर गली पर।

औरतों ने उन्हें देख कर घूँघट काढ़ लिए और मर्दों ने उनके पास इकट्ठे हो कर नीले के बारे में सवालात शुरू कर दिए।

''क्या हुआ नम्बरदार जी नीला मिला कि नहीं?''

''भई कोशिश तो जारी है। एक ज़रा सा जानवर ढूंढने के लिए क़स्बे में बीसियों पुलिस वाले और क़स्बे वाले रात दिन एक किए हुए हैं।'' उन्होंने गोल-गोल बात की।

लेकिन उनकी इस गोल-गोल बात में भी कुछ लोगों ने अच्छे ख़ासे चौकोर मतलब निकाल लिए। दरअसल, ज़रा से जानवर और बीसियों पुलिसवाले और कस्बेवाले लोगों की कोशिश वाला वाक्य नम्बरदार ऊदल सिंह का सोचा समझा

वाक्य, इस बात का अभियाचक था कि लोग कम से कम उनके सामने नीले से हमदर्दी का इज़हार करें।

''कई दिन से देखा नहीं तो कुछ अजीब-अजीब सा लगता है। उनके एक पड़ोसी ने सँभल-सँभल कर जुमला बोला।''

लेकिन इस वाक्य से रास्ता खुल गया था। उनके तमाम अनुयाई भीड़ में अपनी जगह खड़े-खड़े उनकी ओर हो गए थे।

''जाने ग़रीब को इस बीच चारा भी मिला कि नहीं ?'' दूसरे ने खेदजनक लहजे में अपनी शंका का इज़हार किया।

पिछले कई महीनों से वह बिल्कुल चुपचाप हो गया था। चलते-चलते रूक जाता था।'' तीसरे ने राज़ खोला।

इस इंकशाफ़[1] पर नम्बरदार का मुँह खुला का खुला रह गया। मगर मौक़े की नज़ाकत को महसूस करते हुऐ उन्होंने अपना मुँह जल्दी से बंद कर लिया और सोचा ठीक ही कहता होगा। दरअसल यह बात सच भी थी। नीला चलते-चलते रुक जाता था और रुक कर उस शख़्स पर हमला कर देता था जो सब से नज़दीक हो।

चौथे ने बात आगे बढ़ाते हुए कहा :

''अभी पन्द्रह दिन पहले मैं खेत से हल चला कर वापस आ रहा था तो देखा नम्बरदार का नीला मंदिर के सामने खड़ा है। जैसे ही सूरज देवता डूबे नम्बरदार के नीले ने मंदिर की ओर मुँह करके दंडवत की और दोनों खुर जोड़ दिए।''

बाक़ी लोगों के चेहरों पर श्रद्धा की रोशनी जगमग-जगमग करने लगी। ठाकुर ने आँखों ही अँखों में अंदाज़ा किया कि जिन-जिन के घरों के बर्तन नीले ने तोड़े थे, जिनके बच्चों को कुचला था और जिन-जिन पर हमला किया था वह उन लोगों का समर्थन नहीं कर रहें हैं। ख़ामोशी से, एक बेबस ख़ामोश निगाही से एक दूसरे का मँह ताक रहे हैं।

उनके अनुयाई उनके साथ चले। बाक़ी लोग पीछे रह गए थे। उन्होंने साफ़-साफ़ सुना वह नम्बरदार और नीले दोनों को कानाफूसी में गालियाँ दे रहे थे। ऱास्तें में मंदिर के पास रुक कर उन्होंनें हाथ जोड़े। पुजारी जी बाहर निकल आए। उन्होंने अपने साथ के लोंगों को सुनाने के लिए पुजारी जी से पूछा।

''क़स्बे में अठखेलियाँ करके नीला भागा था, आपने इधर तो नहीं देखा?''

''नहीं बेटा....'' फिर कुछ रुक कर उन्होंने वाक्य को आगे बढ़ाया।

''हो सकता हैं पापियों की बस्ती से कुछ दिनों के लिए कुछ दूर चला गया हो।''

1. प्रकटन

''नम्बरदार ने सोचा साथ वाले देहाती खुद को ''पापी'' न समझें। उन्होंने अपने वाक्य में इसे स्पष्ट कर दिया।

''हाँ महाराज! क़स्बे वाले हाथ धो कर उसके पीछे पड़ गए हैं। दरअस्ल वह मुझ से दुशमनी निकालना चाहते हैं।'' वह यह कह कर चलने लगे।

''तू चिंता न कर नम्बरदार! अंत में अच्छाई की बुराई पर जीत होती है।'' पुजारी जी ने नम्बरदार को चलते चलते आशीर्वाद दिया।

नम्बरदार सब को साथ ले कर आगे बढ़ लिए थे। कुछ याद आया, रुके और घूम कर देखा। पुजारी जी वहीं खड़े थे। उन्हें लगा जैसे पुजारी जी कुछ कहना चाहते हैं मगर साथ के आदिमयों की वजह से कुछ संकोच में हैं।

नम्बरदार को कुछ याद आया।

''अरे महाराज इधर मैं बहुत कामकाज में लगा रहा। ध्यान नहीं रहा। मंदिर के गेहूँ, गुड़ और कपड़े अभी नहीं पहुँचा पाया हूँ। आज ही शाम को आदमी दे जाएगा।''

महाराज ने संतोष की साँस लेकर फिर आर्शीवाद दिया। इसबार उन्होंने हाथ उठा कर बड़ा वाला आर्शीवाद दिया था।

बस इस हैडमास्टर के बच्चे के विचार और मालूम हो जाएँ। उन्होंने अमराई के पास कमर झुके टूटे-फूटे स्कूल को देख कर सोचा।

हैडमास्टर से उनके संबन्ध अजीब प्रकार के थे। ज़िला कलैक्टर और शहर के पढ़े लिखों को दिखाने के लिए गाँव में स्कूल होना ज़रूरी था, इसलिए स्कूल था। स्कूल का ख़र्चा ग्राम पंचायत उठाती थी जिसमें सारी बात नम्बरदार की चलती थी। लेकिन हैडमास्टर नम्बरदार ऊदल सिंह की जा-बजा-खुशामद नहीं करता था। ज़ाहिर है कि यह हरकत एक माकूल हरकत नहीं कही जा सकती। नम्बरदार को देहात के बच्चों की शिक्षा बहुत अखरती थी। उन्हें मालूम था कि वह सारे लौंडे जिन्हों ने इस स्कूल में शिक्षा पाई थी उन से उतने ख़ुश नहीं रहते थे जितने वह लौंडे जिन्हों ने शिक्षा प्राप्त नहीं की थी।

उन्होंने खुफ़िया तरीक़े से इस बात की टोह भी लगाई थी कि कहीं यह हैडमास्टर बच्चों को शिक्षा देने के बहाने, नम्बरदार की बुराइयाँ तो नहीं करता। इस जासूसी के फलस्वरूप उन्हें कोई सीधा स्पष्ट जवाब तो नहीं मिला अलबत्ता टोह लेने वालों ने नम्बरदार को यह ज़रूर बताया था कि आजकल स्कूल की जो किताबें छपती हैं उनमें बेकार की ऐसी बातें होती हैं जिनको पढ़ कर लौंडे लोंगों को नम्बरदार का ख़्याल आ जाता होगा। जैसे महाभारत का वह भाग किताब में क्या होना ज़रूरी हैं जिसमें कंस का ज़िक्र बहुत नफ़रत के साथ किया गया है। इसी तरह रामायण

का पाठ रावण के वर्णन के बिना भी हो सकता है। उन्होंने इतिहास की किताबों पर भी युक्ति-संगत ऐतराज़ात किए और कहा कि हैडमास्टर जान बूझ कर उन हिस्सों को बहुत विस्तार के साथ दाँत पीस-पीस कर पढ़ाता है जिन हिस्सों में हिटलर, मिसोलेनी इत्यादि का वर्णन आता है। उन लोगों की नज़रों से अर्थ-शास्त्र की किताबों के वह शंकाजनक भाग भी नहीं बच सके जिन को पढ़ कर लौंडे ख़ुद को सब के बराबर समझने लगे हैं। साहित्य के वह हिस्से भी मुनासिब नहीं थे जिन में ग़रीबी से नफ़रत और इंक़लाब की ज़रूरत वग़ैरह पर ज़ोर दिया गया था।

नम्बरदार ने पाठयक्रम से सम्बंधित सुधार के इन सुझावों को हैडमास्टर के सामने रखा था। हैडमास्टर यह सुन कर हैरान रह गया था। फिर हँसने लगा था। उसकी हैरानी तो किसी हद तक ऊदल सिंह की समझ में आई थी मगर इस हँसी को उन्हों ने बदतमीज़ी समझा था।

"आप जानते हैं कि आप इस स्कूल में किस की वजह से हैडमास्टर हैं। मेरी वजह से, समझे।"

तब हैडमास्टर ने धीमी आवाज में उनको बताया।

"अव्वल तो यह कि...." वह कुछ देर चुप रहा था।

"अव्वल तो यह कि मैं हैडमास्टर नहीं केवल एक मास्टर हूँ क्योंकि मेरे अलावा स्कूल में कोई मास्टर नहीं हैं। दूसरे यह कि मैं बच्चों को शिक्षा देता हूँ और इसके बदले में ग्राम पंचायत मुझे महीना-महीना या कभी-कभी तीन महीने बाद तनख़्वाह देती है। तीसरे यह कि इतनी कम तनख़्वाह में तीन मास्टरों का काम इस देहात में मेरे अलावा कौन करेगा ?"

नम्बरदार को सच्चाई के इस क़िस्म के सीधे और निसंकोच इज़हार से बड़ी उलझन सी होती थी।

"अगर मैं ग्राम पंचायत से कहलवाकर आपको निकलवा दूँ तो?"

"तो" कहने के लिए जितना मुँह खोलना ज़रूरी होता है, उन्होंने उससे ज़्यादा खोला और देर तक खोले रखा।

"तो यह होगा कि गाँव में आपकी थू-थू होगी और जब यह बात क़स्बे में पहुँचेगी तो अगले चुनाव में आपके ख़िलाफ़ यह भी एक मुद्दा इस्तेमाल किया जाएगा।"

नम्बरदार ने अपना बड़ा सा खुला हुआ मुँह जल्दी से बंद कर लिया था क्योंकि वहाँ तक नम्बरदार ऊदल सिंह की अक़्ल नहीं गई थी इसलिए वह हैडमास्टर की इस सूचना से नर्वस हो गए थे। तब उन्होंने पैंतरा बदल कर कहा था।

''मैंने तो हैडमास्टर साहब आपकी गहराई जानने के लिए इतनी बातें कीं। आप का रहना और यहाँ रहकर बच्चों को शिक्षा देना गाँव की शोभा बढ़ाता है बल्कि आप मुझे यह कहने दीजिए कि यह गाँव आपके और आपके स्कूल के बिना अधूरा-अधूरा सा लगता है। अब आप जा सकते हैं।''

हैडमास्टर अपनी चर्रख़ चूँ साईकिल पर बैठ कर स्कूल की ओर बढ़ गया था।

उन्हें मास्टर का एक और वाक्य याद आया।

''जंगली जानवर को गुड़ बादाम खिलाकर और सरसों का तेल पिलाकर नम्बरदार ने उसकी बुद्धि भ्रष्ट कर दी है। यह प्रकृति के विरुद्ध है।''

आज वह उसी हैटमास्टर के पास उसी नीले के बारे में उसकी ताज़ा राय जानने निकले थे।

हैडमास्टर स्कूल में बैठा बच्चों को पाठ पढ़ा रहा था।

नम्बरदार एक याद से बहुत बचते थे। याद आते ही ख़ुद को इधर-उधर बहका लेते थे। मगर आज उन्हें इस हैडमास्टर से वह अजीब रहस्यमयी मुलाक़ात फिर याद आई। यह तब की बात है जब बड़की की इज़्ज़त लूटी गई थी। उस मुलाक़ात से कुछ दिन पहले कुम्हार की बेवा और बड़की और छुटकी ने स्कूल की छुट्टी के बाद स्कूल के बाहर नीम के पेड़ के नीचे मास्टर साहब का इंतज़ार किया था। जब वह स्कूल बंद करके वहाँ से गुज़रे तो कुम्हारन ने उनके पाँव पकड़ क़र रोकर कहा था कि नम्बरदार का नीला रोज़ाना उनके मेहनत से बनाए हुए बर्तन तोड़ देता है। वह आज शिकायतें लेकर ठाकुर के पास गईं तो ठाकुर ने हँस कर उनसे कहा कि बर्तन तोड़ता है, मिट्टी तो नहीं खा जाता है? उस मिट्टी को फिर से गूँध-गांध कर बर्तन बना लिया करो। इस में इतनी परेशानी की कौन सी बात है जो मुझे कलेऊ के समय परेशान कर रही हो।

हैडमास्टर ने उन तीनों को ढारस दी और गढ़ी में जाकर नम्बरदार को समझाया। नम्बरदार ने तो हँस के टाल दिया मगर ओमकार का चेहरा सुर्ख़ हो गया था जो वहीं खड़ा सब कुछ सुन रहा था।

गढ़ी के दरवाज़े पर तीनों औरतें खड़ी मास्टर का इंतज़ार कर रही थीं। जब मास्टर बड़े दरवाज़े से निकल रहा था तो उसने ओमकार को गुस्से की हालत में कुम्हारन और उसकी बेटियों से बात करते देखा। वह उन तीनों को नंगी-नंगी गालियाँ दे रहा था जिनकी आज इतनी हिम्मत हो गई कि वह पंचायती स्कूल के मास्टर को उसके बाप के पास नीले की शिकायत लेकर भेजें। मास्टर को आता देखकर तुलनात्मक सभ्य लहजे में उन दोनों लौंडियों को कपड़े उतारने वाली नज़रों से देख कर कहा था। ''ऊपरवाले का शुक्र अदा करो कि अभी नीले ने ही बर्तन

तोड़े हैं मैंने तो अभी बर्तनों को हाथ भी नहीं लगाया।''

वह जाहिल औरतें क्या समझतीं मगर मास्टर का माथा ठनक गया। वह वहीं का वहीं खड़ा रह गया।

जब बड़की की झोंपड़े वाली घटना हो गई तो एक रात ठाकुर जीप में सवार गाँव की गढ़ी तक आए और उतर कर थके-थके क़दमों से जब गढ़ी के दरवाज़े पर पहुँचे तो धुंधलके में उन्हें एक आदमी रज़ाई ओढ़े खड़ा दिखाई दिया। वह आदमी धीरे-धीरे रो रहा था। उन्हें इस रहस्यमय शख़्स से डर महसूस हुआ। वह पहरेदारों को आवाज़ देने ही वाले थे कि उस शख़्स ने रज़ाई से मुँह निकाल लिया। उसकी बूढ़ी आँखें सुर्ख़ थीं और गीली थीं। उसने रुंधी-रुंधी आवाज़ में ठाकुर से कहा।

''नम्बरदार जी! बड़की की इज़्ज़त मालूम है किसने लूटी...?''

''किस ने''? ठाकुर ने मरी-मरी आवाज़ में पूछा। उन्हें सवाल के जवाब और हैडमास्टर के इस पुरइसरार रूप से डर लग रहा था।

उसने कहा ''उधर देखो।''

ठाकुर ने उसकी उंगली के इशारे पर नज़रें दौड़ाईं। सामने अंधेरे में नीला खड़ा था। हेडमास्टर उन्हें हैरान देखकर हँसा था और फिर अंधेरी गली में ग़ायब हो गया था। ठाकुर ने जल्दी से उस याद को अपने ज़हन से झटका।

नम्बरदार और उसके साथवालों को देखकर मास्टर ने जल्दी-जल्दी पाठ ख़त्म कराया और सीढ़ियाँ उतर कर नीचे आया और सलाम करके ख़ामोश खड़ा हो गया। फिर बोला।

''मेरा दिल चाहता है कि आप मेरे साथ सीढ़ियां चढ़कर ऊपर चलकर बैठें...''

नम्बरदार को इस मामूली प्रार्थना में एक तरह की सांकेतिक गुस्ताख़ी नज़र आई।

''नहीं, नहीं हैडमास्टर साहब.... बस बहुत दिनों से आपको देखा नहीं था, सोचा आपसे सलाम दुआ कर लें। हम लोग इधर नीले की तलाश कर रहे हैं। आपने तो नहीं देखा?''

नम्बरदार ने यह कहकर मास्टर के चेहरे को गहरी निगाहों से कुरेदा और अपने ज़हन को दाद दी कि कैसे उन्होंने समझ लिया कि हैडमास्टर के सीढ़ियां चढ़ाकर ऊपर ले जानेवाले जुमले का मतलब था कि नम्बरदार भी उसकी शार्गिदी कुबूल करके ज्ञान की बुलंदियाँ चढ़ कर उसकी ऊँचाइयों तक पहुंच जाएँ।

उन्होने एक बार फिर अपनी अक्ल की दाद दी और एक बार फिर हैटमास्टर के चेहरे को अपनी नज़रों से कुरेदा। क्योंकि हैडमास्टर के चेहरे पर शेव बढ़ा हुआ

था इसलिए वह उसके चेहरे को अपनी नज़रों की मदद से ज़्यादा नहीं कुरेद पाए।

''नहीं इधर तो नहीं देखा लेकिन मैं ने आपको पहले ही समझाया था कि ऐसे वहशी जानवर को अगर पालना ही ज़रूरी है तो वही खानपान दें जो उसे जंगल में मिलता है और उसे इंसानों की संगत से दूर रखें वर्ना उसका वह प्रकृतिक डर ख़त्म हो जाता है जो हर जानवर को इंसान से महसूस होता है।''

नम्बरदार को अंदाज़ा हो गया कि हैडमास्टर की नीले के बारे में ताज़ा राय क्या है। हैडमास्टर की ताज़ा राय हैडमास्टर की बासी राय से कुछ ज़्यादा भिन्न नहीं थी। अब नम्बरदार ने उसे ज्ञान के वार से घायल करना मुनासिब समझा।

''हैडमास्टर साहब मेरे बहुत से दोस्त हैं। आसाम से लेकर गुजरात और हिमालय से लेकर तमिलनाडु तक। आसाम वाले ने काज़ीरंगा से एक नीला पकड़ कर पाला, गुजरात वाले ने गीर के जंगल से नीला लाकर अपने साथ रखा। तराई वाले दोस्त ने दुधवा के जंगल से नीला हासिल किया और तमिलनाडु वाले ने बाँदीपुर के जंगल से पकड़ कर अपना पालतू बनाया। मगर आपको मेरे ही नीले में सारी बुराइयाँ नज़र आती हैं।''

''नम्बरदार ! आप सच-सच बताना। क्या आपके दोस्तों ने जो नीले पाले वे बड़े होकर, क़ीमती ग़िज़ाएँ खाकर जंगल में दौड़ने की मेहनत उठाए बिना चारा खाकर क्या मस्त नहीं हुए। क्या बर्बादी नहीं मचाई....?''

नम्बरदार ने इस बात का जवाब देना आवश्यक नहीं समझा। वह ख़ुद अपने नीले में इतनी बुरी तरह उलझे रहते थे कि उन्हें अपने दोस्तों के नीलों का ज़्यादा ध्यान ही नहीं आता था।

उन्होंने बात बदलने की ख़ातिर पूछा।

''अच्छा तो मास्टर साहब आप ही बताओ अब क्या किया जाए?''

''पहले तो आप नीला ढूंढ़िए। वह जहाँ भी जाएगा आफ़त मचाएगा। उसकी आदतें ख़राब हो चुकी हैं। उसे ढूँढ कर अपने पास बाँध कर रखिए और धीरे-धीरे उसकी बुरी आदतें छुड़ाइये। उसका भोजन बदलिए। उसे फिर से उसके प्राकृतिक भोजन पर लाइये हालाँकि इसमें परेशानी तो होगी मगर यह तो अब करना ही पड़ेगा। जब वह अपने चारे का आदी हो जाए तो उसको मैदानों में छोड़ आइये। इस बीच उसकी चरबी भी कुछ कम हो चुकी होगी और चरबी कम होने से वह मैदान दौड़ने में तकलीफ़ महसूस नहीं करेगा। मैदानों में भाग-दौड़ कर जब उसे अपना जंगल का चारा मिलेगा और उसे अपने साथी मिलेंगे और मादाएँ मिलेंगी तो उसका जुनून ख़त्म हो जाएगा और फिर अपने प्रकृतिक जीवन का आदी हो जाएगा।''

''लेकिन मेरी गढ़ी और हवेली का क्या होगा?'' ठाकुर के मुँह से निकल पड़ा।

"इस का क्या मतलब?"

ठाकुर को अंदाज़ा हो गया कि उनके मुँह से मूर्खता की बात निकल गई यानी सही बात निकल गई। तुरन्त पहलू बदल कर बोले।

"मतलब गढ़ी और हवेली में उसे देखने की आदत पड़ गई है। वह नज़र नहीं आएगा तो कितना बुरा लगेगा।"

"नम्बरदार जी ! गढ़ी और हवेली में अपने बेटे और बहू, पोते-पोती, गाँववालों ओर क़स्बे वालों को देख-देख कर खुश हुआ कीजिए और उन्हीं में अपनी मनोरंजन का सामान पैदा कीजिए। उन्हीं में आपकी ज़िन्दगी है और उन्हीं से आपकी ज़िन्दगी है। भगवान के लिए अब अपना शौक़ ख़त्म कीजिए। आप का यह शौक़ जानवर को भी भारी पड़ रहा है और गाँव और क़स्बे वालों को भी। गढ़ी और हवेली में भी बर्बादी मची हुई है। आज जाकर अपना मन लगाकर सोचिए कि क्या कारण है जिसकी वजह से आपको नीले की चाह है। जब वह कारण समझ में आ जाए तो उस कारण की जड़ काट कर फेंक दीजिए।"

नम्बरदार ऊदल सिंह जब वापिस आए तो वह बज़ाहिर अपने साथ वालों से हैडमास्टर की मूर्खतापूर्ण बातों पर हँस-हँस कर जुमले कस रहे थे। लेकिन अन्दर ही अन्दर उन्हें महसूस हो रहा था कि जाहिल हैडमास्टर ने उनकी दुखती नब्ज़ पर उंगली रख दी है।

गढ़ी में वापस आकर वह छत पर चढ़ गए और वहाँ उन्होंने दूर मन्दिर के खेत में खड़े नीले को महसूस किया और इस बात से सन्तुष्ट हुए कि सर्दियों का ज़माना है वर्ना गर्मी होती तो नीला इतनी देर तक खेत की उमस की ताब नहीं ला पाता। वहीं खड़े-खड़े उन्होंने नीले से पैदा होनेवाली दहशत को महसूस किया और इस दहशत के साए में क़तरा-क़तरा बढ़ती दौलत और इंच-इंच बढ़ती सत्ता और अधिकार को लुक़मा-लुक़मा[1] हजूम किया और जब वह सीढ़ियों से नीचे उतर रहे थे तो एक तरफ़ तो उनका ज़हन कह रहा था कि नीले से छुटकारा हासिल कर लो और दूसरी ओर कोई चुपके-चुपके कह रहा था कि यह मुमकिन नहीं है। उन्होंने कान लगा कर सुना तो यह दूसरी आवाज़ उनके सीने के बाँए ओर से आई थी।

जब वह आँगन में मोंढ़े पर आकर बैठे तो चिराग़ जल चुके थे। बाहर से पहरेदार दौड़ते हुए आए और उन्हें सूचना दी कि नीला अरहर के खेत में से रस्सी तुड़ाकर भाग गया है।

उनका कलेजा धक से रह गया। ऐसा न हो कि वह क़स्बे में पहुँच जाए। अब

1. ग्रास-ग्रास

कोई बर्बादी हुई तो बड़ी बदनामी होगी।

वह जीप पर बैठकर हवा की रफ़्तार से क़स्बे की ओर रवाना हुए। प्रताप रोकता ही रह गया।

क़स्बे की गलियों में स्ट्रीट लाइट की मद्धिम रोशनी थी लेकिन इंसान नहीं थे। सब अपने-अपने घरों में कुंडी लगाए बैठे थे। चौराहों पर पुलिस वाले खड़े सीटियाँ बजा रहे थे और आवारा कुत्ते नित्य के विरुद्ध इतनी जल्दी बाज़ार सूना देखकर मनहूस आवाज़ में रोने लगे थे।

नीला क़स्बे में किसी भी घर के पास खड़ा मिल सकता है या हो सकता है क़स्बे के बाहर खेत या किसी उजड़े हुए बाग़ में खड़ा हो। हवेली तक जाने वाली सड़क के एक मोड़ पर जैसे ही मुड़े उन्हें एक साया सा नज़र आया। डर की एक ठंडी लहर उनकी गुद्दी से होती हुई पूरी पीठ पर फैल गई.... यह नीले का ही साया होगा कि इंसान तो सारे के सारे उसीके डर से घरों में घुसे बैठे हैं।

हवेली के सहन में जाकर उन्होंने नीले को हर ओर तलाश किया। वह कहीं नहीं मिला। बिजली चली गई थी और रात बिल्कुल अंधेरी थी। वह बैठक में अकेले बैठे सोचते रहे और डरते रहे। रात के बारह बजे के बाद किसी समय उनकी आँख लग गई। अचानक पूरे क़स्बे में चीख़पुकार की लपटें उठने लगीं। हवेली के नौकरों में भी भगदड़ मच गई।

वह जल्दी से उठे और खिड़की से बाहर झाँका। अन्धेरे में कोई जानवर तेज़-तेज़ साँस लेता हुआ भागा जा रहा था। वह अंदाज़ा नहीं कर पाए कि वह किधर गया। अचानक फिर एक जानवर विपरीत दिशा से भागता हुआ आया और दौड़ता चला गया।

उन्होंने सामने की गली की ओर निगाह उठाई। वहाँ भी एक स्याह साया खड़ा था। इंसानों का शोर और पुलिस की सीटियों की आवाज़ें अभी भी थमी नहीं थीं। उन्होंने गली की ओर फिर देखा। अब वह साया वहाँ नहीं था। या शायद दो साये थे या तीन....।

15

उस रात एक साथ बारह वारदातें हुईं। क़स्बे के कोने वाले मुहल्ले के एक ही ख़ानदान के तीन घरों के दरवाज़े टूटे हुए पाए गए। बज़रिया की पाँच दुकानों के शटर टेढ़े हो गए थे और अन्दर की चीज़ें दुकानों में चारों ओर बिखरी हुई मिली थीं। तीन पुलिसवालों पर पीछे से किसी जानवर ने अन्धेरे में हमला किया जो बड़े नाले की पुलिया पर बैठे ऊँघ रहे थे। नगर पालिका सभा कक्ष का दरवाज़ा तोड़कर पन्द्रह कुर्सियों को सेंटे के क़लम की तरह टुकड़े-टुकड़े कर दिया गया था। जो घटनाएं कच्ची ज़मीन पर हुई थीं वहाँ जानवर के खुरों के निशान पाए गए थे।

नगर पालिका के कार्यालय में ज़िला कलैक्टर चिंतित बैठा था। ठाकुर ऊदल सिंह और महमूद साहब उसके दाँए-बाँए बैठे थे। क़स्बे का दौरा करके एस. पी. साहब जीप से उतरे, उनके साथ ही क़स्बा इंचार्ज कूदा। हॉल में आ कर एस. पी. साहब एक कुर्सी खींच कर कलैक्टर साहब के बराबर बैठ गए। क़स्बा इंचार्ज सामने आकर अटेन्शन खड़ा हो गया।

"आराम से" एस. पी. ने उसकी ओर देखे बिना कहा। वह आराम से हो गया जिसके लिए उसे कुछ नहीं करना पड़ा।

"आप ने नतीजा देख लिया" कलैक्टर ने ख़ामोशी तोड़ी।

नम्बरदार चुप बैठे रहे। महमूद साहब ने भी सर झुका लिया। ऊदल सिंह की बदनामी और बेइ़ज़्ज़ती इतनी स्पष्ट थी कि महमूद साहब की और सहायता की ज़रूरत नहीं थी।

"मगर यह सारी वारदातें एक ही नीले की कारिस्तानी नहीं है। " एस. पी. ने जैसे राज़ खोला हो।

"आपका मतलब है कि कई नीले हैं।" कलैक्टर साहब ने पूछा :

"नहीं, यह विश्वास से नहीं कहा जा सकता लेकिन पुलिसवालों का बयान

था कि उन पर जो हमला हुआ उसमें एक से ज़्यादा जानवर थे। ''एस. पी. के इस वाक्य से नम्बरदार ऊदल सिंह के बदन में कुछ जान पड़ी।

''यह क्या मामला है। कुछ अन्दाज़ा?''

''क़स्बा इंचार्ज से बातचीत के दौरान अन्दाज़ा हुआ कि कुछ रोज़ पहले कांजी हाउस से नीले ने जिन बिजारों को आज़ाद कराया था वह इसके मुलज़िम हो सकते हैं। कई दिनों के भूखे-प्यासे बिजार रात को अपनी-अपनी पनाहगाहों से बाहर निकले होंगे और पानी पीने नाले पर आए होंगे। वहाँ सिपाही बैठे ऊँघ रहे होंगे। पानी पीने में अवरोध समझ कर हमला बोल दिया होगा।''

''क्या नीले और बिजार के खुर के निशान में अंतर महसूस हो सकता है?'' कलैक्टर साहब ने पूछा :

''जी हाँ सरकार!'' क़स्बा इंचार्ज बोला। ''मगर हवा इतनी चली कि उनके खुर आधे हैं, आधे ग़ायब। अब पहचान मुश्किल है।''

नीले के खुर की पहचान वाली बात सुनकर नम्बरदार ऊदलसिंह ने बाज़ी पलटती महसूस की, फ़ौरन बोले। और क्योंकि इस बार पहली बार बोले थे इसलिए बात ध्यान से सुनी गई।

''साहब! बज़रिया की दुकानें तोड़कर सामान कौन उठा ले गया। यह हरकत जानवर नहीं कर सकता।''

इस बात को सुनकर एस. पी. और थाना इंचार्ज ने सिर झुका लिया। थाना इंचार्ज का लंबोतरा चेहरा उसके सीने पर टिक गया और देर तक वहीं टिका रहा।

कलैक्टर ने मसूरी की ट्रेनिंग के दौरान बड़ी अनुपम और नायाब बातें सीखी थीं इसलिए वह कुछ देर की ख़ामोशी के बाद बोला....

''अस्ल मामले से ध्यान नहीं हटना चाहिए। जब जड़ का इलाज हो जाएगा तो बाक़ी बातें ख़ुद-बख़ुद दुरुस्त हो जाएँगी। इस पूरे फ़ितने-फ़साद की बुनियाद है दरअस्ल ठाकुर साहब का नीला, जो अब पागल हो चुका है। इस समय उसी के बारे में बात-चीत करनी चाहिए। अब आप बताइये ठाकुर साहब कि आपका फ़ैसला क्या है ?''

''जिसमें सब की भलाई हो'' ठाकुर दिल कड़ा करके बोले।

''अगर वह हाथ आ जाए तो उसका क्या किया जाए?'' कलैक्टर ने उनकी आँखों में झाँक कर पूछा।

''मेरे हवाले कर दिया जाए। मैं उसे दोबारा जंगल की आदत डाल दूँगा। फिर उसका पागलपन ख़त्म हो जाएगा।'' ठाकुर ऊदल सिंह ने हैडमास्टर वाला पाठ याद करने की कोशिश की।

"आपके हवाले कर दिया जाए ताकि वह फिर आज़ाद हो कर तबाही मचाए।" कलैक्टर ने हँसी उड़ाने के अंदाज़ में कहा।

ठाकुर साहब का दिल धक से रह गया। क्या कलैक्टर को मालूम है कि वह मेरे हाथ आकर निकल चुका है। फिर उन्होंने ख़ुद को तसल्ली दी कि कलैक्टर ने यह बात यूँ ही र वा-र वी में कह दी है।

"सुनिए जनाब! जनमत का ज़बरदस्त दबाव है। अन्य क़स्बे वालों ने भी शिकायत की है कि नीला उनके यहाँ भी तबाही मचा रहा है। कल नीला शहर में भी देखा गया है। अब यह मामला स्थानीय नहीं रहा। लेकिन नीला क्योंकि आप से वाबस्ता है, उसका घटना-स्थल विशेष रूप से यह क़स्बा है इसलिए आप दोनों हज़रात क़स्बे के प्रतिष्ठत नागरिक की हैसियत से इस काग़ज़ पर दस्तख़त कीजिए कि नीले की वहशियाना सरगर्मियों की वजह से नीले को मारना मुनासिब होगा। यह दरख़्वास्त वाइल्ड लाइफ़ अफ़सर के नाम है। मैं उनसे इजाज़तनामा पेशगी हासिल कर चुका हूँ। यह देखिए" उन्होंने कोट की जेब से निकाल कर सरकारी मुहर वाला एक काग़ज दिखाया।

महमूद साहब ने तेज़ी से और ठाकुर साहब ने मरे-मरे हाथों से कलैक्टर के दिए हुए काग़ज़ पर दस्तख़त किए। महमूद साहब ने शुक्र अदा किया कि कलैक्टर और एस. पी. किसी ने भी नगरपालिका के कार्यालय की तोड़-फोड़ के बारे में किसी राय का इज़हार नहीं किया था।

ठाकुर ऊदल सिंह ने दस्तख़त करने के बाद सोचा कि यह मरहला[1] ख़त्म हो तो वह जल्दी से जल्दी गढ़ी और हवेली की सारी दौलत निकाल कर शहर के उस बैंक में रखदेंगे जहाँ पिछले हफ़्ते ही ऐसे लॉकर बटना शुरू हुए हैं जिनको हासिल करने के लिए नाम का इंद्राज नहीं करना पड़ता बल्कि कोड नम्बर दे दिया जाता है।

"मगर एक बात समझ में नहीं आई कि जानवर वारदात करके कहाँ छुप गए हैं?" एस. पी. साहब बोले।

"मैं कुछ कहूँ तो कहा जाएगा कि मैं नीले की हिमायत में बोल रहा हूँ। आप विश्वास कीजिए मैंने रात को चीख़पुकार के बाद अपनी खिड़की से तीन नीले अपनी आँखों से देखे थे।" ठाकुर ने रात का दृश्य याद किया और झुरझुरी लेकर बोले।

"क्या वह नीले ही थे ?" एस. पी. ने पूछा :

"नहीं कह सकता लेकिन वह जानवर यक़ीनन थे।" ठाकुर ने जवाब दिया।

1. चरण

''मुमकिन है ठाकुर साहब का नीला जंगल से और वहशी नीलों को लगा लाया हो जो उसके बदन की मोटी चर्बी देखकर लालच में आ गए हों।'' कलैक्टर ने अपना विचार प्रकट किया।

''मुमकिन है क़स्बे के आम जानवरों ने नीले की वहशत की शोहरत का फ़ायदा उठाया हो।'' एस. पी. ने अपनी राय दी।

''लेकिन यह सब कुछ बहुत ख़तरनाक और रहस्यमय है।'' महमूद साहब ने कहा। वह चाहते थे कि बात-चीत नीले और अन्य जानवरों से ही संबन्धित रहे, नगरपालिका की तोड़-फोड़ का चर्चा न आ पाए।

''लेकिन बुनियाद वह नीला ही है।'' कलैक्टर ने कहा लेकिन दिल ही दिल में सोचा कि दूर-दराज़ की सारी बस्तियों से बर्बादियों की ख़बरें आ रही हैं और इन सब का कारण तो यह अकेला नीला नहीं हो सकता। उन्होंने पूछा।

''तमाम इलाक़ों में कुल मिलाकर कितने पालतू नीले हैं?''

''वह अगर ख़त्म भी हो जाए तो उसके साथ के नीले और कांजी हाउस के बिजारों का भी इंतज़ाम करना होगा।'' एस. पी. ने उनका ध्यान हटाया।

''अरे पहले एक नीले को ही क़ाबू में कीजिए कप्तान साहब!'' कलैक्टर ने चिंतित मुस्कान के साथ कहा जिसमें कुछ व्यंग की चमक भी थी।

इस जुमले के बाद सब ने अपने-अपने सिर झुका लिए थे। खुद कलैक्टर साहब का सिर भी उठा हुआ नहीं था।

दूर कार्यालय से मिले पार्क की सीढ़ियों पर कुछ शोर सा हुआ। गढ़ी का पहरेदार हाँपता-काँपता रोता चिल्लाता भागा चला आ रहा था।

कार्यालय में घुसकर उसने नम्बरदार के पैर पकड़कर कहा :

''नम्बरदार जी! नीला गढ़ी में आ गया है। बड़ी बहू के कमरे पे टक्करें मार रहा है। प्रताप भैया और बच्चे भी कमरे में ही हैं।''

बाहर से कलैक्टर का बॉडीगार्ड हाँफता हुआ अन्दर दाख़िल हुआ।

''शहर से वायरलैस मैसेज आया है कि वहाँ वही वारदात हो गई है।''

कलैक्टर और एस. पी. शहर रवाना होने से पहले थाना इंचार्ज को नीला मारने का इजाज़तनामा और ज़रूरी निर्देष दे गए थे। वह जीप पर चढ़ते-चढ़ते वादा कर गए कि आधे घंटे के अन्दर-अन्दर पुलिस की मज़ीद टुकड़ियाँ भेज देंगे।

ठाकुर साहब के सीने में पंखे चल रहे थे और आँखों के आगे अंधेरा छा रहा था। वह काँपते हुए क़दमों से जीप पर चढ़े और कुछ ही मिन्टों में लेकिन अपने हिसाब से कई घंटों में देहात पहुँच पाए। गढ़ी के सामने छुटकी का झोंपड़ा चिड़िया के घोंसले की तरह उलझा-उलझा पड़ा था। गाँव के सब लोग

दहशतज़दा[1] अपने-अपने घरों में बंद थे। झोंपड़ी के बाहर छुटकी की खुंदी हुई लाश पड़ी थी। बच्चे कमरे में बंद थे और प्रताप और बड़ी बहू गढ़ी के दरवाज़े की सलाखों से लगे खड़े काँप रहे थे। नीले का दूर-दूर तक निशान नहीं था।

''वह हमारे दरवाज़े पर टक्करें मार-मार कर लहूलुहान हो गया था। दरवाज़ा बहुत मज़बूत था, टूटा नहीं। वह गढ़ी में चारों ओर भाग-भाग कर किसी की तलाश कर रहा था। शायद आपको ही तलाश कर रहा था। चारों ओर से उसपर हमला है। बस आपको ही अपनी पनाह समझता है!'' प्रताप ने फूली हुई साँसों के बीच बताया।

जैसे ही वह गढ़ी से बाहर निकला हमने कमरे से निकल कर गढ़ी का दरवाज़ा बंद कर लिया। वह छुटकी के झोंपड़े के पास जाकर खड़ा हो गया।''

बड़ी बहू कुछ कहते-कहते रुक गई।

फिर उसने डर से काँपते हुए शर्म से आँखें झुकाए हुए बताया।

''अपने झोंपड़े में छुटकी हर महीने के कपड़े के चीथड़े उड़स देती थी। जैसे ही वह इस बार के चीथड़े उड़स कर मुड़ी, नीला पीछे खड़ा था। वह चीख़कर झोंपड़े में घुस गई और टट्टर बन्द कर लिया। नीले ने उन चिथड़ों को गर्दन उठाकर सूंघा और उन्हें सूँघते ही दो पैरों पर खड़ा हो गया फिर दीवानों की तरह ज़मीन पर लोटें लगाने लगा।''

बड़ी बहू बयान करते-करते थक गई थी।

तब प्रताप ने वाक़िआ बयान करना शुरू किया। ''फिर वह उठा और दो पैरों पर खड़े होकर किसी अनदेखे इंसान से लड़ने लगा जैसे किसी पर क़ाबू पाना चाहता हो। फिर उसने छुटकी की चीखें सुनीं। उसने सींगों के एक ही रेले में टट्टर तोड़ दिया और अगली टांगें उठा-उठा कर छुटकी को खोदना शुरू कर दिया। जब वह बेदम होकर गिर पड़ी तो नीले ने छप्पर का तिनका-तिनका अलग कर दिया।''

प्रताप की आँखों में आँसू आ गए थे जो लगातार बह रहे थे मगर बयान के ज़ोर में वह उन्हें पोंछना भी भूल गया।

इंचार्ज ने छुटकी की लाश का पंचनामा कराया और पोस्ट मार्टम के लिए शहर भेज दिया। फिर इंचार्ज ने ठाकुर साहब के पास आकर कानाफूसी की।

''वह आप ही की चाह में है। शायद आपके क़ाबू में आ सके। वैसे तो अब उसे मारने का इजाज़तनामा भी मेरे पास मौजूद है।''

खेतों की तरफ़ से हैडमास्टर दौड़ते हुए आए और बताया कि उन्होंने

1. भयभीत

अभी-अभी नीले को मन्दिर वाले खेत में घुसते देखा है।

पुलिस की कई जीपें रुकीं। शहर से कुमक आ गई थी।

ठाकुर ऊदल सिंह ने सोचा, इस बीच नीले को अपनी ग़िज़ा[1] कहीं नहीं मिली होगी इसलिए वह मन्दिर वाले अरहर के खेत में चला गया। वहाँ अब भी अनाज, गुड़ और बादाम रखे होंगे और नांद में पानी भी भरा होगा और वहाँ कोई आदमी भी नहीं होगा।

थाना इंचार्ज ने गालियाँ दे-देकर गाँव के मर्दों को उनके घरों से निकाला। सब इस बात पर राज़ी हो पाए कि अरहर के खेत तक ठाकुर ऊदल सिंह भी जाएँगे।

''क्या मैं उसे मरता हुआ देख सकूँगा....?'' ठाकुर ऊदल सिंह ने अपने दिल से पूछा। उनके दिल ने जवाब दिया कि शहर में नए तरीक़े के लॉकर आ गए हैं। उन्होंने खेत पर जाने की हामी भर ली।

थाना इंचार्ज ने सिपाहियों को गाँव के चारों तरफ़ बन्दूकें लेकर खड़ा कर दिया और विभिन्न निर्देष देकर सबके मोर्चे दुरुस्त कराए।

लाठी, डंडा, सांठा जो जिस के हाथ आया, लेकर अरहर के खेत की तरफ़ चला।

''तुम दोनों बच्चों को लेकर अपने कमरे में बन्द हो जाओ मगर गढ़ी का दरवाज़ा खुला रखना। शायद वह भाग कर इधर ही आए। अगर वह गढ़ी में आया तो मैं दरवाज़ा बन्द करके राम कर लूँगा।'' ठाकुर साहब ने प्रताप और बड़ी बहू को निर्देश दिया।

1. आहार

16

हांका होने के बाद अरहर के खेत से निकलते ही थूथनी और सिर पर लाठियाँ और डंडे लगातार पड़े। स्याह बदन पर जगह-जगह ख़ून उबल रहा था। वह भागा। उसकी एक आँख भी ज़ख़्मी हो गयी थी इसलिए वह टेढ़ा-टेढ़ा भाग रहा था। ठाकुर ऊदल सिंह उसे गाँव की तरफ़ भागता देखकर पोखर वाले रास्ते से तेज़ी के साथ गढ़ी की तरफ़ बढ़े। लाठियाँ लिए हुजूम लम्बे रास्ते से उसके पीछे भाग रहा था।

नीले ने चेहरे से बहते हुए ख़ून की चादर के पीछे से कुछ अजनबी शक्लों को गाँव की सरहद पर देखा। उसने कावा काटा और गढ़ी के पीछे वाले रास्ते यानी टूटी हुई दीवार से दाख़िल हुआ और गढ़ी के सहन में आ गया। प्रताप और बड़ी बहू बच्चों को कमरे के अन्दर करके ख़ुद बाहर खड़े थे। उनके गुमान में भी नहीं था कि वह टूटी हुई दीवार के रास्ते से आ जाएगा। दोनों बिजली की सी तेज़ी से कमरे की तरफ़ भागे जिसके दरवाज़े में बच्चे खड़े दीवानों की तरह चीख़ रहे थे। बड़ी बहू का पैर साड़ी में अटका और वह लड़खड़ा गई। पीछे से आता हुआ प्रताप उससे टकराया और रुक गया। बहू कमरे के अन्दर दाख़िल हो चुकी थी और प्रताप नीले के सींगों से उलझा हुआ था। बड़ी बहू बेचैन होकर कमरे से बाहर आई तो बच्चे भी माँ से लिपट कर बाहर आ गए। वह घूम कर बच्चों को पकड़ कर कमरे में भागी। मुड़ी तो देखा कि नीला अपनी पिछली टाँगों पे खड़ा हुआ अगले खुरों से प्रताप का सिर टुकड़े-टुकड़े कर चुका है।

जब धूल कुछ कम हुई तो बड़ी बहू ने हैरान-हैरान ख़ाली-ख़ाली आँखों से देखा कि प्रताप ज़मीन पर पुरानी रज़ाई की तरह उधड़ा-उधड़ा पड़ा है और नीला ख़ून की धाराओं के पीछे से अपनी आँखों को पट-पट खोल रहा है बन्द कर रहा है और प्रताप की लाश की चारों तरफ़ टकराता, उठता, लड़खड़ाता हुआ चक्कर लगा रहा है और गढ़ी के दरवाज़े से नम्बरदार ऊदल सिंह दीवानों की तरह चीख़ते चिल्लाते दाख़िल हो रहे हैं।

उसे बहुत धुंधला-धुंधला सा नज़र आ रहा था। एक आँख शायद बिल्कुल ख़त्म हो गई थी और दूसरी सिर से बहने वाले ख़ून से लुथड़ी हुई थी।

नीले ने ख़ून से लुथड़ी आँखें पटपटाईं। इतने ज़ोर से साँस भरी कि उस हिस्से की मिट्टी उड़ने लगी। गर्दन को झटका दिया, दुम को गर्दिश दी और सींगों को आगे करके पूरी ताक़त से उस आदमी से टकराकर दीवार तक रौंदता चला गया। जब दीवार से उस आदमी का सिर टकरा गया तो सींगों को घोंप-घोंप कर उसकी आँतें निकाल कर अपने खुरों से खूँदता रहा और फिर वहाँ किसी को न पाकर टूटी हुई दीवार के रास्ते को याद के सहारे तलाश करता हुआ गढ़ी से बाहर निकल गया।

बड़ी बहू अपने बच्चों को लेकर चुपचाप कमरे से बाहर निकली और प्रताप और बाबूजी की लाशों के बीच खड़े होकर बच्चों को मज़बूती से पकड़ा और आसमान की तरफ़ देखा।

पुलिस की टुकड़ियाँ और गाँव का मजमा गढ़ी के दरवाज़े पर इकट्ठा हो गया था। उन्हें ज्ञान नहीं था कि अन्दर क्या हुआ। उन्हें यह भी ज्ञान नहीं था कि नीला पीछे वाले रास्ते से निकल कर तालाब पार करता हुआ ख़ून की चिपचिपाहट से बन्द होती आँखें धोता हुआ ज़ख़्मी हालत में किधर भागा है?

फिर सब को इस बात की ख़बर हुई कि ज़ख़्मी, अन्धा और पागल नीला ग़ायब हो गया है।

थानेदार ने थके-थके हाथों से रायफ़ल ख़ाली की और सोचा कि क्योंकि वह ज़ख़्मी है इसलिए कहीं भी मर सकता है।

गढ़ी के कच्चे सहन पर नंगे पाँव खड़ी बड़ी बहू ने दोनों बच्चों के हाथ मज़बूती से थामे, आँखें बन्द किए दिल कड़ा करके सोचा कि क्योंकि वह अन्धा है इसलिए अब किसी को भी नहीं पहचान सकता।

बूढ़े हैडमास्टर ने दोनों हाथों से अपनी आँखों को छुपाया और सोचा कि वह पागल है इसलिए कभी भी हमला कर सकता है। और क्योंकि वह ग़ायब है इसलिए किसी भी गली को पार करते हुए, किसी भी खेत की ओर जाते हुए और किसी भी रास्ते पर चलते हुए अचानक बिल्कुल सामने बिल्कुल पास खड़ा नज़र आ सकता है। सींग आगे किए, सिर न्योढ़ाए और अगले खुर हवा में बुलन्द किए।

लेकिन किसी को भी यह सोचने की सकत नहीं थी कि नीला गाँव में ही है या गाँव के पास किसी खेत में छुपा हुआ है। या गाँव की सीमा से दूर क़स्बे तक पहुँच गया है। या क़स्बे से भी आगे ख़ून की छींटें उड़ाता शहर की तरफ़ भाग रहा है। या उससे भी आगे....!